말하는 개 셸비

던컨 볼 글 | 앨런 스토만 그림 | 이수진 옮김

문학동네 어린이

Selby's Secret

국립중앙도서관 출판시도서목록(CIP)

말하는 개 셀비 / 던컨 볼 글 ; 앨런 스토만 그림 ; 이수진 옮김.
-- 파주 : 문학동네, 2003   p. : 삽도 ;   cm.

원서명: Selby's Secret
원저자명: Ball, Duncan
원저자명: Stomann, Allan

ISBN 89-8281-728-X 04840 : ₩7000
ISBN 89-8281-727-1(세트)

863-KDC4   CIP2003001537

이 책을 일글 친구들에게*

이 책을 익기 전에 제 얘기 좀 들어 보세요. 지금 트라이플 아줌마는 벽난로 앞에 있는 소파에서 곤히 자고 있꼬요, 트라이플 박사님은 벽난로에 너을 나무를 가지러 막 나가셨어요. 빨리 말해야겠어요.

나는 방금 『말하는 개 셀비』란 책을 일썼어요. 엄청 재미있는 책이더라구요(어떻게 안 일글 수가 있썼어요. 나에 대한 얘긴데……). 여러분이 이 책을 익기 전에 알아야 할 것은 말이조, 이 책은 짧은 이야기들로 채워져 있다는 거예요. 이 이야기들은 처음부터 차래차래 익는 것이 가장 좋다는 것을 말해 드리고 시퍼요. 앗! 저기 트라이플 박사님이 큰 나무를 가지고 들어오시네요. 들키기 전에 그만 써야겠어요.

1. 셀비의 비밀

　　셀비에게는 비밀이 하나 있다. 오스트레일리아에서 단 하나뿐인 '말하는 개'라는 사실! 아마 전 세계를 통틀어도 말하는 개는 셀비밖에 없지 않을까? 셀비가 태어나면서부터 말을 할 수 있었던 것은 아니다. 셀비도 어렸을 땐 '멍멍' 짖기나 하는 아주 평범한 개였다. 그렇다고 셀비가 누구한테 말을 배운 것은 아니다. 어느 날 셀비는 자신에게 정말로 멋진 일이 일어났다는 것을 깨닫게 되었다. 개가 말을 하다니…… 그야말로 개의 운명이 뒤바뀔 만한 일 아닌가?

　이 모든 일은 어느 날 저녁 셀비가 트라이플 박사 부부와 함께 〈벽난롯가의 따뜻한 이야기〉라는 텔레비전 드라마를 보다가 일어났다. 그 드라마는 대저택에서 일하는 베이슬 집사의 이야기인데, 셀비는 베이슬을 좋아했다. 그 노인은 아주 예의 바른 데다가 주인보다 더 똑똑했다. 그 날 이야기는 베이슬이 눈 속에서 죽어 가는 고아 소녀를 구해 주는 내용이었다. 베이슬은 아이를 저택으로 데리고 와 돌봐 주었는데, 아이가 자꾸 저택의 물건을 훔치는 바람에 아이를 고아원으로 보내야 했다. 하지만 베이슬은 아이를 벽장 속에 숨겨 놓고 고아원에 보냈다고 거짓말을 한다는 이야기였다.

　셀비는 몇 년 동안이나 텔레비전을 시청해 왔다. 그러니 드라마 내용을 이해하는 데는 아무런 문제가 없었다. 화면만 봐도 셀비는 대충 내용을 알 수 있었다. 베이슬과 고아 때문에 눈물이 나려는 것을 참으려고 눈을 껌뻑거리고 있을 때였다. 갑자기 셀비는 자기가 텔레비전에서 나오는 말을 다 알아듣고 있다는 것을 깨달았다. 그냥 화면만 보고 있었던 게 아니라, 사람들이 나누는 얘기를 모조리 다 이해할 수 있었던 것이다.

셀비는 너무 놀라 뛰어다니며 소리를 질렀다.

"멍! 멍! 멍! 컹컹! 왕왕!"

개들의 세계에서 이 말은 '난 사람 말을 알아들을 수 있다. 나는 세상에서 가장 똑똑한 개다!'라는 뜻이다. 셀비는 텔레비전을 보던 중이라는 것도 까맣게 잊고 짖어 댔다.

"제발, 셀비야. 조용히 좀 해라. 지금은 밥 먹을 시간이 아니야. 그렇게 계속 짖어 대면 텔레비전을 볼 수가 없잖니!"

트라이플 부인이 말했다.

"얍얍! 멍! 양양! 아르르르르, 그르르르르!"

셀비는 또 짖었다. 이번에는 '내가 사람 말을 알아들을 수 있다는 것을 모두에게 보여 주겠어! 이제 말하는 것만 배우면 돼. 두고 보라고!' 라는 뜻이었다.

　그 순간부터 셸비는 말하는 법을 배우기 위해 할 수 있는 것은 뭐든지 다 했다. 트라이플 박사 부부가 집에 없을 때마다 셸비는 텔레비전 앞에 앉아 텔레비전에서 나오는 말들을 따라했다. 하지만 문제는 개의 입은 사람의 입과 모양이 달라 제대로 발음할 수가 없다는 것이었다. 매일 개밥그릇이나 핥고 뼈다귀 모양 비스킷이나 씹으면서 어떻게 사람이 내는 소리를 그대로 따라할 수 있겠는가? 셸비의 입에서는 "이봐, 베이슬. 후춧가루 좀 줘."라는 말이 "기봐, 게이슬, 구춧가루 곰 궈."라고밖에 안 나왔다.

　셸비는 몇 시간 동안 말하기 연습을 하고 나면, 작동 중이라 뜨거워진 세탁물 건조기에 입술을 대고 마사지를 했다.

　'꼭 제대로 말하겠어. 목숨을 걸고서라도……. 앗, 뜨거워!'

　셸비는 비명을 지르며 불타는 듯한 입을 얼른 양동이의 물 속에 담갔다.

'이런 끔찍한 말을 대체 누가 만든 거야? 누군지 몰라도 분명 맛 없는 뼈다귀 비스킷 같은 건 입도 안 댔을 거야! 마실 때도 빨대로 마시고, 입술도 오므렸다 폈다 잘하겠지? 난 오므렸다 폈다, 그 발음만 제대로 할 수 있어도 기분이 최고일 텐데.'

셀비는 "오므렸다 폈다 오므렸다 폈다"라고 중얼거렸지만, 그 때마다 셀비의 입에서는 "고므렸다 겼다 고므렸다 겼다"라는 소리만 나왔다.

셀비는 차츰 제대로 말할 수 있게 되었고, 개 특유의 악센트도 없어졌다. 트라이플 박사 부부가 집에 없을 때면, 셀비는 몇 시간이고 거울 앞에 서서 입술을 오므렸다 펴야 하는 말을 반복해서 연습했다. 그러던 어느 날, 셀비는 마침내 "저 말뚝이 말 맬 말뚝이냐, 말 못 맬 말뚝이냐"라는 말을 아주 부드럽게 할 수 있게 되었다. 마치 '따따따따' 따발총 쏘듯 말이다.

"오우! 너는 역시 완벽한 개야! 하하."

셀비는 입술을 잔뜩 오므렸다 펴면서 거울에 비친

자신에게 뽀뽀를 했다. 그리고 덧붙였다.

"내 마음에 쏙 들어."

셀비의 계획은 간단했다. 크리스마스에 맞춰 트라이플 박사 부부에게 절대 잊지 못할 선물을 하는 것이었다. 자신의 비밀을 말하는 것보다 더 좋은 선물이 어디 있겠는가? 트라이플 박사 부부와 함께 벽난로에 둘러서서 에그노그*도 마시고, 한 팔을 벽에 대고 옛날 추억이나 앞으로 일어날 멋진 일들을 이야기하며 놀 생각을 하니 너무 행복했다. 셀비의 심장은 마구 뛰었다.

크리스마스 이브 자선 파티를 마치고 집으로 돌아오는 트라이플 박사 부부를 현관문에서 기다렸다가 놀래 주는 것보다 더 좋은 방법이 있을까? 멋진 정장을 차려 입고 현관문 앞에 서 있는 새로운 셀비! 그 옛날 나무 막대기를 던지면 달려가 물고 오는 바보 애완견 셀비가 아니다. 진정한 트라이플 가족이

---

* 달걀, 우유, 설탕과 브랜디를 섞은 음료.

된 말하는 개 셀비!

드디어 크리스마스 이브가 돌아오고, 트라이플 박사 부부가 자선 파티를 마치고 집에 올 시간이 되었다. 셀비는 박사의 옷장 문을 몰래 열고 가장 멋진 와이셔츠와 넥타이, 그리고 가장 멋진 양복을 꺼냈다. 겨우겨우 와이셔츠를 머리 위로 뒤집어쓰고, 넥타이를 목에 한 바퀴 돌려 묶었다. 그리고 재킷을 입었다.

"바지는 안 입어도 되겠어!"

셀비는 목부터 꼬리까지 덮고 있는 재킷을 보고 바지를 다시 옷장에 넣었다.

"다리는 네 갠데 바지 구멍은 두 개니, 입고 싶어도 못 입겠다! 게다가 재킷으로 온몸을 가렸는걸 뭐."

셀비는 트라이플 부인의 화장대에 서서 빗으로 머리를 곱게 빗었다.

"꼭 해야 하는 일이라면 잘해 내야지."

셀비는 텔레비전에 나오는 베이슬 흉내를 내며 말

했다.

　"어느 날 갑자기 개밥그릇을 핥다 말고 '안녕하세
요?'라고 말을 해서 놀라게 할 수도 있겠지……. 하
지만 이건 경우가 다르다고!"

　바로 그 때 박사의 차 소리가 들렸다. 셀비는 성급
히 의자를 문 앞으로 끌고 갔다. 그러곤 얼른 의자를
뒷발로 밟고 서서 넥타이를 매만졌다.

　셀비는 스스로에게 말했다.

　"긴장하지 마, 셀비! 그냥 하고 싶은 말을 하면 되
는 거야……."

　셀비는 베이슬 집사처럼 최대한 목소리를 깔고 말
해 보았다.

　"안녕하세요? 아줌마, 그리고 박사님. 메리 크리
스마스!"

　트라이플 박사 부부가 들어오는 기척이 나자 셀비
는 가슴이 마구 떨렸다.

　"오늘 같은 날은…… 하인이 있었으면! 그럼 과자
도 갖다 주고, 차도 한 잔 내올 텐데……."

부인의 목소리가 들렸다.

"너무 흥분되는걸! 계속 이렇게 기다리다간 심장이 터지고 말겠어!"

셀비는 비명을 지르며 다시 거울을 들여다보았다. 긴 귀와 털북숭이 얼굴만 아니면 베이슬을 빼닮은 것 같았다.

"빨리 오세요. 더 이상 기다릴 수가 없다구요!"

그 때 열쇠를 꽂고 문을 여는 소리가 들리더니 박사가 말했다.

"셀비에게 집안일을 시킬 수 없는 게 아쉽군. 셀비가 우리 말을 알아들을 수 있다면 꽤 쓸모가 있을 텐데 말이오. 심부름을 보내도 될걸?"

"개가 말을 해요? 꿈도 크군요! 셀비가 말하는 모습을 한번 상상해 보세요."

부인이 대꾸했다.

"음……."

셀비는 두 사람의 대화를 귀담아 들었다.

"음……."

셀비의 머릿속은 바람개비처럼 왱왱거리고 있었다.

"저 늙고 불쌍한 셀비를 우리가 가르칠 수만 있다면 얼마나 좋아! 우리가 없을 땐 전화도 좀 받고 메모도 받아 적고……."

셀비의 심장은 고동을 멈추었다.

'불쌍한 셀비! 아줌마랑 박사님은 애완동물을 원하는 게 아니라 하인을 원하는 거야. 나를 하인처럼 부려 먹겠지? 베이슬 집사처럼 말이야. 살려 줘!'

셀비는 방 안으로 뛰어들어가 옷들을 숨기려고 했지만 이미 늦었다. 문이 활짝 열렸고 트라이플 박사 부부는 입을 딱 벌린 채 셀비를 쳐다보았다.

"셀비야! 너 미쳤니? 네가 지금 무슨 짓을 하고 있는 줄이나 알아?"

부인이 먼저 소리쳤다.

그 순간 셀비는 얼어붙은 듯 움직일 수가 없었다. 하지만 곧 의자에서 훌쩍 뛰어내려 박사의 옷들을 사방으로 휘날리며 방 안을 뛰어다녔다. 그러고는 개가 할 수 있는 인사를 했다.

"왈! 왈! 그르르― 그르르―"

개들의 세계에서 이 말은 '안녕하세요? 아줌마! 안녕하세요? 박사님! 모두 메리 크리스마스!' 라는 뜻이었다.

이렇게 해서 셀비는 당분간 자기가 말할 수 있다는 걸 비밀에 부치기로 했다.

2. 피발스탄 왕국의 선물

"에취—."

서재에 누워 트라이플 박사가 하는 일을 구경하던 셀비가 재채기를 했다. 트라이플 박사는 보거스 마을 장미공원에 놓을 꽃시계를 설계하는 중이었다.

'말도 안 돼. 한 달 동안이나 감기를 달고 살다니. 감기 때문에 너무너무 따분해!'

셀비는 생각했다.

"내가 어떻게 할 생각이냐면……."

트라이플 박사는 셀비가 다 알아듣는다는 것도 모

르고 열심히 중얼거렸다.

"보거스 마을의 시냇물에 물레방아를 만들어 꽃시계와 연결하는 거야. 물이 시곗바늘을 움직이도록 말이야. 기막힌 생각이지? 태엽을 안 감아도 되고, 전기도 필요 없어."

'오, 박사님……. 그 얘기, 벌써 다섯 번째예요! 박사님한테 말을 할 용기만 있다면…….'

"시장님이 아주 좋아하실 거야, 아하하하!"

보거스 마을의 시장이자 자신의 아내인 트라이플 부인을 떠올리며 말했다.

"오! 이런. 시장님 점심 갖다 주는 걸 깜박했네!"

바로 그 때 문 밖에서 노크 소리가 들리더니, 박사의 오랜 친구이자 페드럴 대학교 골동품학과의 크락포트 교수가 상자를 들고 들어왔다.

"어이, 깜박이! 잠깐 시간 좀 내 줘."

깜박이는 트라이플 박사의 옛날 별명이었다. 크락포트 교수가 들고 온 상자를 뜯자 원숭이 그림이 그려진 낡은 접시가 톱밥 더미 속에 묻혀 있었다.

교수가 말했다.

"급한 일이야! 이 접시는 피발스탄 왕국의 전사 무덤에서 발견된 거야. 그 나라 왕이 우리 나라 과빵부 장관에게 우정의 선물로 준 거지."

"과빵부?"

박사는 접시에 사방으로 난 금을 보며 말했다. 오래 전에 깨진 걸 다시 붙인 듯했다.

"과빵은 과자와 빵의 줄임말이야. 원래는 제과제빵부인데, 그냥 과빵부라고 부르지. 지금 과빵부 장관이 레밍턴 케이크 협상을 성사시키려 한다네."

교수가 말했다.

"레밍턴 케이크 협상?"

박사는 트라이플 부인의 점심을 떠올리며 물었다.

"피발스탄은 우리 나라의 레밍턴 케이크를 가장 많이 수입하는 나라야. 아니, 사실은 우리 레밍턴 케이크를 수입하는 유일한 나라지. 지금 피발스탄에서 그 별볼일 없는 케이크를 더 많이 수입하겠다

고 야단이야. 이 접시를 우리 나라 과빵부 장관에게
선물한 것도 그 때문이고.”

교수가 조심스럽게 접시를 박사의 책상에 놓으며
말했다.

“그래서 나더러 어쩌라는 거지?”

박사가 물었다.

“장관은 접시 밑에 쓰여 있는 이 꼬부랑 글씨가
무슨 뜻인지 해석해서, 왕에게 제대로 감사의 뜻을
전하고 싶어한다네.”

“뭔가 쓰여 있군그래. 이건 고대 피발스탄 문자야.”

박사는 조심스럽게 그 글자들을 만지면서 말했다.

“깜박이, 그건 우리도 알고 있다구. 뭐라고 쓰여 있냐가 문제야.”

교수는 박사의 머리에 콩 꿀밤을 먹였다.

“내 생각엔 ‘위대한 지혜의 원숭이가 지도자에게 미소를 보낸다’라는 뜻 같은데?”

박사는 머리를 문지르며 말했다.

“우리도 그렇게 추측은 했어. 하지만 깜박이, 확실하게 알아야 해. 여기 이쪽 글자 몇 개가 분명치가 않아서 말이야. 나는 급한 일이 있어서 가 봐야 하는데…… 이 꼬부랑 문자 좀 해석해 주겠어? 두어 시간 뒤에 돌아올게.”

그러고 나서 교수는 들어왔을 때처럼 순식간에 나가 버렸다. 쿵쿵거리고 있는 셀비 때문에 발이 걸려 하마터면 넘어질 뻔하면서…….

박사는 손가락으로 접시를 천천히 문지르며 말했다.

"이 문자를 해석하려면 노트를 좀 뒤져 봐야겠군. 하지만 그보다 시장님 점심이 더 급한걸."

"더 이상…… 에취, 못 참겠어……."

트라이플 박사가 나가자 셀비는 참고 있던 재채기를 터뜨렸다.

"이건 너무 흥미…… 에, 에취! ……로워. 이 꼬부랑 문자를 다 해석할 때까지…… 에취! 기다릴 수가 없어! 이 문자가 무슨 뜻인지…… 에취! 당장 알아내야겠어. 에취!"

셀비는 책상으로 뛰어올라 커다란 책꽂이 위로 기어 올라갔다. 셀비가 고대 피발스탄에 대한 연구 노트가 있는 상자를 들고 막 내려오는데…….

"에…… 취이!"

하필이면 그 때 참았던 재채기가 터져나온 것이다. 그 바람에 셀비가 잡고 있던 상자가 굴러떨어져 그 낡은 접시에 부딪쳤고, 접시는 산산조각이 났다.

"안, 안 돼! 내, 내가, 접시를 깨뜨렸어. 난 이제 끝장이야……."

셀비는 재빠르게 도자기 전용 순간 접착제로 접시 조각들을 붙이기 시작했다.

"이건 마치 퍼즐 맞추기 같은데?"

하지만 접시는 점점 이상한 모양이 되어 갔다.

"이건…… 에취! 뭐지? 원래 원숭이가 수염이…… 에취! 있었나, 없었나?"

셀비는 고개를 갸우뚱거렸다.

바로 그 때, 트라이플 박사가 돌아오는 소리가 들렸다. 셀비는 재빨리 노트 상자를 책꽂이에 갖다 놓고 본드도 제자리에 놓았다.

"음―."

박사가 또다시 접시를 문지르며 말했다.

"이건 뭐지? 이 수염 달린 원숭이는 장관이랑 똑같이 생겼잖아. 정말 웃기는군. 아까는 왜 몰랐지? 그리고 이건 또 뭐야? '지혜로운 지도자는 위대한 미소를 짓는 원숭이다'라고 쓰여 있잖아. 아까는 '위대한 지혜의 원숭이가 지도자에게 미소를 보낸 다' 는 뜻인 줄 알았는데, 그게 아니었어. 이건 정말 이지 우리 나라를 모욕하는 말이야! 피발스탄의 왕 은 지금 과빵부 장관을 원숭이 취급하고 있다고! 지 금 당장 장관한테 전화해서 피발스탄으로 가는 여 행을 그만두라고 하는 게 좋겠어. 그리고 레밍턴 케 이크 수출도 중단해야 해. 그래도 내가 해석한 게 맞는지 노트를 확인해야겠군."

'이건 모두…… 에취! 내 잘못이야. 내가 접시를 잘못 붙였나 봐. 이러다가 전쟁이 나면 어쩌지? 잘 못되면, 더 이상 레밍턴 케이크를 피발스탄으로 수 출하지 못할 거야!'

재채기를 참으면서 셀비는 생각에 잠겼다.

박사는 책상 위로 올라섰다. 그리고 노트가 들어 있는 상자를 꺼내기 위해 커다란 책꽂이로 손을 뻗 었다. 그 순간, 책상 다리에 기대고 있던 셀비가 아 주 크게 재채기를 했다.

“에—취—!”

그러자 책상이 세게 흔들렸다. 얼마나 세게 흔들렸는지 박사는 중심을 잃고 상자를 떨어뜨렸다. 상자가 떨어지는 것과 동시에 접시 역시 아까보다 더 많은 조각들로 부서졌다.

“안 돼! 말도 안 돼!”

박사는 서랍에서 도자기 전용 순간 접착제를 꺼내면서 소리쳤다.

“접시를 깨뜨리고 말았네. 크락포트에게 뭐라고 말하지? 금방 올 텐데!”

박사는 깨진 조각들을 붙이기 시작했다. 아주 완벽하게 붙여서 원래 있던 금조차 안 보일 정도였다. 셸비는 이 모든 것을 끈기 있게 지켜보았다.

“이러다가 내가 원숭이 삼촌이 되겠군.”

박사가 노트와 접시를 번갈아 보며 말했다.

“웃겨, 정말.”

“뭐가 웃겨? 뭐라고 써 있길래?”

그 때 크락포트 교수가 불쑥 들어와서 물었다.

“음, 어디 보자……. ‘위대한 지혜의 원숭이가 지
도자에게 미소를 보낸다’라고 쓰여 있군. 어? 원숭
이한테 수염이 없잖아.”

“그럼 원숭이한테 수염이 났겠나? 그런 말은 난
생 처음이군. 이제 그 접시를 내게 주게나. 깨뜨리
거나 하면 큰일이니 장관한테 바로 돌려줘야겠어.”

그러더니 교수는 접시를 낚아채 황급히 나갔다.

“휴, 큰일날 뻔했네.”

박사는 셸비를 쓰다듬으며 말했다.

“에취—.”

셸비는 재채기를 하며 카펫 위에서 새우잠이 들었
다.

‘내가 뭐라고…… 에취! ……했더라? 감기 때문
에 따분하다고? 말도 안 돼!’

3. 반갑지 않은 손님

셀비의 비밀이 거의 들통날 뻔한 일이 벌어졌다. 그 일은 보보보보 클럽(**보**거스 마을 **보**이스카웃 · **보**디가드 · **보**험 외판원 연합 모임)의 가을 축젯날 일어났다.

그 날 밤, 보보보보 클럽의 회원들은 마을 한가운데 있는 초등학교에 모여 불우 이웃 돕기 행사를 하고 있었다. 다행히도 이 마을에는 불우 이웃이 별로 없었다. 우체부 포스티의 말대로 "오른손잡이 정육점 주인이 왼손만으로도 다 셀 수 있을 만큼" 있는 정도이다.

그 날은 또, 교통 개선 자금 모금 행사 마지막 날이었다. 하지만 대부분의 사람들이, 아니 모든 사람들이 보보보보 클럽의 가을 축제에 참가하고 있었기 때문에 모금할 만한 사람이 마을에 남아 있지 않았다.

셀비는 집에 혼자 있었다. 집에 아무도 없는 날에는 셀비가 좋아하는 텔레비전 프로그램을 실컷 볼 수 있었다. 그 날도 셀비는 〈행운의 백만 달러 퀴즈 쇼〉를 보고 있었다. 하지만 바로 그 시간에 트라이플 부인의 동생인 제티가 교통 개선 자금 모금을 위해 길거리를 헤매고 있다는 사실을 셀비는 까맣게 몰랐다. 제티는 가장 많은 돈을 모금한 사람에게 주는 황금 브로치를 받기 위해, 마지막 5달러를 기부해 줄 집을 찾고 있었다. 하지만 문제는 마을에 사람이 단 한 명도 없다는 것이었다.

"이를 어쩐다! 5달러를 받아 내지 못하면 황금 브로치를 손에 넣을 수 없을 거야! 누구한테 5달러를 받아 내지?"

제티는 비어 있는 집들을 두드리면서 중얼거렸다.

텔레비전 앞에 누워 〈행운의 백만 달러 퀴즈 쇼〉를 보고 있던 셀비는, 출연자들이 벨을 누르기도 전에 문제를 다 풀고 있었다.

"아무래도 문제들이 너무 쉬워졌어. 아님 내가 너무 똑똑해진 건가? 둘 다인지도 모르겠군."

셀비는 하품을 했다. 그 때 퀴즈 쇼의 진행자인 래리가 말했다.

"이제 광고가 나가는 동안 잠깐 쉬겠습니다. 금방 시작할 테니 채널 고정! 조금 뒤에 아주 어려운 문제가 나갑니다. 기대하세요!"

"아무 데도 안 가요!"

셀비는 그렇게 말하고는 광고가 나오는 동안 잠깐 잠이 들었다.

바로 그 때, 자동차를 최고 속도로 몰고 오던 제티는 트라이플 박사의 집 앞에서 급브레이크를 밟았다. 하지만 차는 이미 보도 위로 올라와 집 앞 장미밭을 짓뭉개고 말았다.

"언니네 돼지 저금통! 바로 그거야!"

제티는 문을 향해 뛰었다. 하지만 곧 제티는 트라이플 박사 부부가 다른 사람들과 마찬가지로 보보 보보 클럽의 가을 축제에 갔다는 것을 깨달았다.

"언니랑 형부는 기부하고 남은 돈을 찬장 위에 있는 돼지 저금통에 넣었겠지? 그 돈을 꺼내서 모금 본부에 갖다 주기만 하면 황금 브로치를 탈 수 있을 거야! 야호!"

제티는 안으로 들어가기 위해 집 뒤쪽으로 급히 뛰어갔다. 그러다가 하마터면 잔디를 긁어 내는 갈퀴를 밟을 뻔했다. 만약 밟았더라면 갈퀴 자루가 튀어오르면서 머리를 쳤을 것이고, 제티는 그 자리에서 기절했을 것이다. 제티는 재빨리 품 속에 지니고 있던 주머니칼을 꺼내 창문을 열기 시작했다.

셀비는 제티를 싫어했다. 제티가 트라이플 박사 부부에게, 아프리카의 들개들과 싸우던 이야기를 늘어놓을 때부터 셀비는 제티가 싫었다. 제티는 지팡이로 들개들을 때려서 이겼다고 했다. 그런 제티

가 창문을 타고 넘어와 곤히 잠든 셀비의 귀를 큰
등산화로 밟았으니, 셀비의 기분이 좋을 리 없었다.

"아야, 아야!"

셀비는 아픔이 가실 때까지 방 안을 뛰어다니며
소리쳤다.

"아야, 아야? 넌 멍멍 짖어야 하는 것 아냐?"

제티가 야릇한 미소를 띠고 말했다.

"내 귀를 밟았잖아요!"

셀비는 그렇게 말하고는, 곧 실수했다는 것을 깨
달았다.

제티는 돼지 저금통에 있는 돈을 모금함 안에 쏟
으면서 말했다.

"음…… 말하는 개라……. 이거 좀 쓸모가 있겠는
걸. 아니 많이 쓸모가 있겠어! 잘만 하면 가난뱅이
제티도 돈 좀 벌 수 있겠다구."

"으르렁. 멍멍!"

셀비는 으르렁거렸다.

"나한테 으르렁거리지 마! 넌 사람처럼 말할 수

있잖아! 나한테 감출 필요 없어. 자, 똑똑히 말해 봐. 어떻게 말을 할 수 있게 됐는지. 어서!"

"으르렁!"

셀비는 이제 곧 닥칠 끔찍한 운명을 생각하며 다시 으르렁거렸다.

"짖지 말고. 어서 말하란 말이야!"

제티는 바로 그 유명한 지팡이를 공중에 휘두르며 협박했다.

"말 안 하면 너 죽을 줄 알아!"

셀비는 갑자기 제티의 모금함 속으로 뛰어들어 돈을 한 움큼 물었다. "날 건드리면 이 돈을 다 삼켜 버리겠어."라고 협박하고 싶었지만, 입에 돈이 잔뜩 들어 있어서 "나 엉드멍……"으로 들릴 뿐이었다.

"잠깐만 기다려 봐, 진정하라고!"

제티가 말했다. 만약에 셀비가 그 돈을 삼켜 버리면 황금 브로치를 못 받게 될 판이었다.

"진정하라구요? 흥! 한 발짝만 더 오면 다 삼켜 버릴 거예요."

셀비는 으르렁거리며 소리쳤다.

"알았어. 알았다고. 내가 졌어!"

제티가 지팡이를 땅에 내려놓으며 말했다.

"그리고 아무한테도 말하지 말아요. 무슨 말인지 알죠? 절대로요!"

"알았어! 내 돈이나 줘! 다른 볼일이 있다고."

"스카우트 맹세 할 줄 알죠?"

셀비는 제티가 스물여섯 살이 되도록 나이를 속이고 스카우트 단원 노릇을 했다는 것을 생각해 냈다.

셀비가 앞발을 올려 선서하는 시늉을 하며 묻자 제티가 말했다.

"알았어, 맹세!"

그제서야 셀비는 입에 물고 있던 돈을 뱉었고, 제티는 얼른 통 속에 돈을 집어넣었다. 하지만 제티는 급히 창문 밖으로 뛰어나가면서 소리쳤다.

"안됐지만, 멍멍군! 내 사전에 약속이란 건 없어! 내일 이 세상 모든 사람들에게 너의 놀라운 재능에 대해 말해야겠어!"

그 말이 끝나자마자 제티는 갈퀴를 밟고 말았다. 정말 제대로 밟았다. 제티는 튀어오르는 갈퀴 자루에 머리를 맞고 정신을 잃고 말았다.

"오우!"

그 순간 제티는 자기가 누군지, 그리고 무엇을 하고 있었는지 까맣게 잊어버린 채 비틀거렸다.

"어떻게 된 거지? 여기가 어디지?"

셀비는 창문으로 모든 것을 지켜보고 있었다. 제티는 떨어진 돈을 주워 담으면서 셀비를 쳐다보았다.

"쟤한테 뭔가 있었는데…… ."

제티는 띵한 머리 위로 빙빙 도는 별을 바라보며 말했다.

"뭐더라, 으음, 알았다! 너 말할 수 있지?"

셀비는 최대한 개답게 으르렁거리며 제티를 똑바로 쳐다봤다.

"어어, 미안해!"

제티는 황금 브로치를 타려면 5분 안에 모금 운동 본부로 가야 한다는 것을 기억해 냈다.

"정말 나두 웃겨. 저 개가 말을 하다니. 바본가 봐!"

제티가 서둘러 집을 떠나며 말했다.

바로 그 때 〈행운의 백만 달러 퀴즈 쇼〉의 마지막 문제가 들렸다. 사회자가 문제를 다 읽기도 전에 셀비는 답을 알 수 있었다.

"으이구, 답은 '빅토리아 여왕'이야! 1819년에서 1901년까지 살았지. 사회자 아저씨, 좀 어려운 문제 좀 내면 안 돼요?"

4. 붉은 눈의 해골바가지

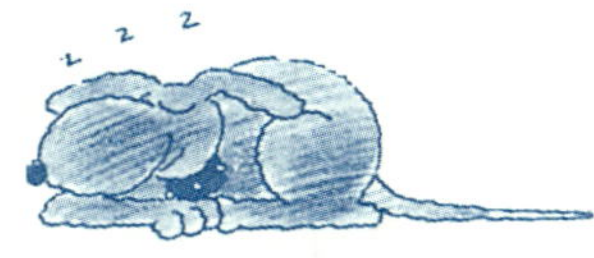

해가 지자마자 셀비는 책장으로 가서 『한밤중에 읽는 무서운 이야기』라는 책을 집어들었다. 트라이플 박사는 벌써 잠이 들었고 부인은 시의회에 나간 뒤라 들키지 않고 책을 읽을 수 있었다.

"아줌마는 늦게 오실 거야. 박사님은 아마 폭탄이 터져도 못 깨어나실걸."

셀비는 그 책의 마지막 이야기인 「목 없는 고양이」를 읽으면서 중얼거렸다.

카펫 위에 웅크리고 앉아 책을 다 본 셀비는 책을

책장에 갖다 놓으며 한심한 듯 말했다.

"치, 목 없는 고양이 좋아하시네. 머리만 검은 흰색 고양이였잖아! 밤이라서 머리가 안 보인 거네. 완전 사기야! 모든 이야기가 다 이래. 귀신도 안 나오는 '귀신의 집'에다가 유령도 아닌 유령투성이야. 도대체 무서운 책이 없어. 좋아! 그렇다면 정말 무서운 게 뭔지 보여 주지!"

셀비는 박사의 책상에 올라가 타자기에 종이를 넣고 자판을 두드리기 시작했다. 제목은 '붉은 눈의 해골바가지'였다.

"오! 제목이 아주 근사한데! 자, 어떻게 이야기를 시작할까? '옛날 옛날에 해골바가지가 있었는데…….' 아니야, 너무 시시해. 그렇다면 이건 어떨까? '폭풍우가 휘몰아치는 어두운 밤이었다.' 이것도 아니야. 너무 흔하잖아. 알았다! '갑자기 해시계가 자정을 가리켰다.' 좋았어!"

그게 정확히 무슨 뜻인지는 몰랐지만 왠지 문장이 멋져 보였다. 셀비는 계속 타자를 쳤다.

갑자기 해시계가 자정을 가리켰다. 그 때 아주 세찬 비바람이 스크런치 미니스터 성에 몰아쳤다. 스크런치 미니스터 성의 스크런치 왕은 참나무로 만든 식탁에서 무럭무럭 김이 나는 수프를 먹으며, 그의 증조할아버지가 300년 전 어떤 절에서 훔쳐 온 끔찍한 조각상을 바라보고 있었다.

"와우! 아주 멋진 이야기가 되겠어!"
그 때 세찬 비바람이 몰아치기 시작했다.
"난 타고난 작가인가 봐. 이거 너무 쉽잖아!"

그런데 갑자기 스크런치 왕은 누군가 창문을 똑똑 두드리는 소리를 들었다. 빗장 구멍 사이로 밖을 내다보았지만 아무도 없었다.

"아주 좋아! 무서운 이야기라면 이 정도는 돼야지."
셀비는 갑자기 소름이 쫙 끼쳐서 주위를 둘러보았

다. 그러고는 집 안에 있는 불이란 불은 모두 켰다.

스크런치 왕은 문득 오늘이 자기의 100번째 생일이라는 것을 깨달았다. 그리고 아버지, 할아버지, 증조할아버지 모두 100번째 생일날 식탁에서 원인 모를 죽음을 맞았던 사실을 기억해 냈다.

"이야! 너무 무서워지는걸."
셀비는 주위를 다시 한 번 돌아보았다.

그 때 뒷문에서 똑똑 소리가……

문장을 끝마치기도 전에 셀비는 누군가가 창문을 두드리는 소리를 들었다.
"무슨 소리지?"
셀비는 귀를 쫑긋 세우고 거실로 갔다. 그 때 창문 두드리는 소리가 다시 들렸다. 셀비는 소리가 나는 쪽으로 가 보았다. 박사가 잠들어 있는 방이었다. 잠시 기다렸다가 셸비는 커튼을 열고 창문 밖을 내다보았다. 하지만 밖에는 아무도 없었다.

"뭐…… 그, 그냥…… 바람이 불어 나뭇가지가 창문에 닿는 소, 소리가 난 거겠지."

셸비는 다시 거실로 뛰어가 텔레비전을 켰다.

"텔레비전을 켜면 괜찮아질 거야."

텔레비전을 켜자 한밤중의 안개 낀 공동 묘지가 나왔다. 개가 한 마리 짖고 있었고, 긴 망토를 입은 어떤 남자가 안개 속에서 나타나 소름끼치는 미소를 짓고 있었다. 이윽고 남자가 칼을 빼 들자 셸비는 머리부터 꼬리까지 털이 삐쭉삐쭉 곤두섰다.

"차라리 텔레비전보다 음악이 낫겠어."

셸비는 텔레비전을 끄고 라디오를 틀었다.

"자! 이제부터 '유령의 복수'라는 제목의 이야기를 해 드리겠어요."

라디오에서 굵직한 목소리가 흘러나왔다.

"아, 안 돼! 하지 마!"

셸비는 라디오를 끄고 다시 이야기를 썼다.

……났다. 붉은 눈의 해골바가지가 왔음을 알아
차린 왕은 벌벌 떨며 앉아 있었다. 그러자 이번에
는 다시 앞문에서 똑똑 소리가 났다. 그리고 어떤
목소리가 들려 왔다.

“문 열어……. 내 물건을 가지러 왔어…….”

바로 그 때 뒷문에서 똑똑 소리가 났다.

“아, 아니야. 이, 이건 말, 말도 안 돼.”

셀비는 타자기에서 종이를 빼 갈기갈기 찢었다.

“내가 쓴 이야기가 사실이 되고 있어! 좀 있으면
누군가 앞문을 두드릴 거야! 더 이상 참을 수가 없
어! 박사님을 깨워야겠어.”

셀비는 얼른 박사가 자고 있는 방에 들어가 짖기
시작했다. 하지만 트라이플 박사는 한번 곯아떨어지
면 아무리 크게 짖어도 깨울 수가 없었다.

셀비는 큰 소리로 외쳤다.

“박사님, 도와주세요! 붉은 눈의 해골바가지가 뒷
문에 와 있어요! 박사님, 좀 일어나 보세요!”

셀비는 박사의 베개를 물고 마구 흔들었다. 잠시 조용한가 싶더니, 이번에는 앞문을 두드리는 소리가 들렸다.

"트라이플 박사님!"

셀비는 자고 있는 박사를 마구 흔들었다.

"박사님, 저예요. 박사님의 사랑스러운 개 셀비예요. 저 사실은 말할 수 있어요. 빨리 일어나서 붉은 눈의 해골바가지를 없애 주세요. 그러면 평생 동안 박사님의 하인이 될게요!"

박사는 잠깐 동안 코를 골지 않는 것 같더니, 이내 돌아누워서 다시 코를 골았다.

"사람의 도움을 받을 수 없다면, 내가 해결하는 수밖에. 붉은 눈의 해골바가지랑 싸워 이기려면…… 그래! 눈에는 눈, 이에는 이!"

셀비는 베개 커버를 물고 방을 뛰쳐나오며 말했다.

"문 열어……. 내 물건을 가지러 왔어……."

바람 소리와 함께 누군가 소리치는 것이 들렸다.

베개 커버를 뒤집어쓴 셀비는 앞문에 높은 의자를

놓고 그 위에 올라갔다.

"좋아! 베개 커버를 쓰고 있어도 보일 건 다 보여! 이제 문을 연 다음 해골바가지한테 달려들어 아주 무섭게 겁을 주는 거야! 그러면 해골바가지가 무서워서 도망가겠지?"

"문 열어……."

밖에서 다시 목소리가 들려 왔다. 문 두드리는 소리가 점점 커졌다.

"문을 열어 주지!"

셀비는 심장이 큰 북처럼 쿵쿵 마구 뛰는 것을 느꼈다. 셀비는 문을 활짝 열고 엄청난 소리로 짖어대며 어둠 속으로 뛰어들었다.

"와와와와와와와그그그그그그르르르르르르."

순간 셀비는 자기가 트라이플 부인의 머리 위를 살짝 스쳐 갔다는 것을 알 수 있었다. 그러고는 풀밭을 가로질러 숲 속으로 뛰어갔다.

"이상하네. 셀비가 왜 저러는 거야? 베개 커버를 다 뒤집어쓰고……. 불쌍한 것!"

박사가 눈을 비비며 거실로 나왔다.

"글쎄요. 그나저나 빨리 내 가방이나 내놔요. 아까 당신이 차에서 가지고 내렸잖아요. 회의에 필요한 서류랑 집 열쇠랑 거기에 다 들어 있는데, 무슨 잠을 그렇게 깊이 자요? 문이란 문은 다 두드렸단 말이에요!"

5. 셀비, 치과에 가다

　　지금 셀비에게 생긴 가장 큰 문제는 이빨이 썩었다는 것이다. 그리고 두 번째 문제는 죽는 한이 있어도 지키려고 했던 비밀, 즉 사람처럼 말할 수 있다는 사실을 밝히지 않고 트라이플 박사 부부에게 이빨이 아파 죽겠다는 것을 알리는 것이다.

　　"여보, 이것 좀 봐요! 셀비가 입술을 말아 올리고 있어요. 귀엽지 않아요?"

　　트라이플 부인이 말했다.

　　'귀엽다고? 미치겠네. 내 이빨이 썩었다구요. 입

술을 보지 말고 이빨을 보세요!'

이빨을 보여 주려고 입술을 너무 올렸더니 이제는 입술까지 아프기 시작했다. 셀비는 앞발을 턱에 대고 울부짖었다. 그 모양이 꼭 보름달을 보며 울부짖는 늑대 같았다.

"이런!"

『초고속 회전 동력 장치와 수력 꽃시계 발명 안내서』를 읽고 있던 트라이플 박사가 책에서 눈을 떼고 말했다.

"셀비 이 녀석, 이빨이 썩은 것 같은데……."

'대단한 추리예요, 셜록 홈즈가 따로 없군요! 박사님과 아줌마 두 분 다 아주 좋은 분들이에요. 하지만 가끔 잊으시는 것 같아요. 우리 개들도 나름대로 문제를 가지고 있다는 걸 말이에요. 자, 이제 어떻게 좀 해 주세요!'

트라이플 부인이 퉁퉁 부은 셀비의 잇몸을 보더니 말했다.

"어휴, 불쌍한 것. 내일 동물병원에 가서 이빨을

빼야겠어요.”

부인의 말이 셀비의 머리를 울렸다.

‘동물병원? 이빨을 뺀다고? 사람들도 이가 아프면 아무 병원에나 가서 아픈 이를 그냥 빼 버리나? 세상에! 자기들은 치과에 가서 제대로 치료받으면서, 말 못하는 짐승이라고……’

셀비는 문득 자긴 ‘말 못하는 짐승’이 아니라는 걸 깨달았다.

‘그러니까, 코를 풀듯이 이빨을 확 뽑아 버린단 말이지. 으, 그럴 순 없지! 대책을 세워야 해.’

그 날 오후, 셀비는 몰래 전화기로 다가가 ‘푸들 치과’에 전화를 걸었다. 트라이플 부인은 야생 동물 보호 회의에 갔고, 트라이플 박사는 작업실에서 장미공원에 세울 꽃시계 모형을 만들고 있었다.

“……푸들 치과? 병원 이름이 특이하군. 이 곳이라면 내 문제를 해결해 줄 수 있을 거야.”

셀비가 말했다.

"여보세요?"

전화기 반대쪽에서 목소리가 들려 왔다.

"여기는 푸들 치괍니다. 저는 닥터 푸들이고요. 무엇을 도와드릴까요?"

"음, 안녕하세요? 저는 트라이플이라고 하는데요. 거기서 개도 취급하나요?"

셀비는 최대한 트라이플 박사의 목소리와 비슷하게 말했다.

의사는 한참 아무 말도 안 하더니 대답했다.

"뭐요? 지금 장난하시는 겁니까?"

셀비는 침착하려고 노력했다.

"장난이냐구요? 제 말은, 저희 집 개가 이빨이 썩었는데 치료를 해 줄 수 있느냐는 겁니다."

닥터 푸들은 폭소를 터뜨리며 말했다.

"아하! 저는 개고기를 파는지 묻는 줄 알았죠. 치료해 달라는 뜻이군요. 한 번도 해 본 적은 없지만…… 한번 해 보죠. 개들도 사람처럼 이빨이 있겠죠?"

"당연하죠!"

셀비는 이빨에 통증을 느끼며 크게 심호흡을 했다.

"사람을 물지는 않겠지요?"

"저희 집 개는 아주 조용하고, 착하고, 예절 바르답니다. 걱정하지 마세요. 한 마디로 완벽한 젠틀맨*이죠!"

"아, 그러면 한번 데리고 나오시지요."

의사는 젠틀맨의 '맨' 대신 다른 말을 써야 되는 건 아닌지 고개를 갸우뚱거렸다.

"그리고 한 가지 더, 내 아내가 개를 데리고 갈 거예요. 그런데 문제가 있어요. 아내가 요즘 제정신이 아니랍니다."

셀비가 말했다.

"증상이 어떤데요?"

닥터 푸들이 말했다.

＊ gentleman: 점잖은 남자, 신사라는 뜻.

"저도 잘 모르겠습니다. 요즘 일 때문에 스트레스가 쌓여서 이상한 짓을 많이 해요. 만약 뭐라고 하면 그냥 하자는 대로 해 주길 바랍니다."

셀비는 이렇게 말하고 전화기를 내려놓았다. 그리고 트라이플 박사의 방에 들어가서 타자기로 편지를 쓰기 시작했다.

트라이플 박사님과 부인께

푸들 치과에서 새로운 소식을 알려 드립니다.
저희 병원에서 애완견 치료를 시작했습니다.
귀하의 애완견이 이빨이 썩었다면 저희 치과로 데려오시길 바랍니다.

닥터 푸들로부터

그 날 밤 트라이플 부인은 문 앞에 놓여 있는 그 편지를 보았다. 그래서 셀비는 그렇게도 원하던 치과에 갈 수 있게 되었다.

"선생님이 보낸 편지가 때맞춰 왔어요. 동물병원에 가서 이빨을 빼려던 참이었거든요."

부인이 말했다.

"그렇군요."

닥터 푸들은 셸비가 전화로 일러 준 얘기를 떠올리며 부인을 편안한 의자에 앉혔다. 그리고 발행일이 7년이나 지난 『당신과 당신의 치아』라는 잡지를 건네며 말했다.

"여기서 잠깐 쉬고 계세요. 셸비는 제게 맡기시구요."

셸비는 아무 일도 없었다는 듯, 그렇게도 원하던 치과 의자에 드러누웠다. 그리고 천장의 모빌을 보며 입을 벌렸다.

'동물병원? 이빨을 뺀다고?'

셸비는 마취 주사를 놓는 것을 보며 생각했다.

'선생님, 생각해 보세요. 글쎄, 아줌마랑 박사님이 나를 동물병원에 데려가 이빨을 뽑아 버리려고

했다니까요. 여기야말로 내 맘에 쏙 드는 곳이에
요.'

서서히 마취가 되고 따뜻한 기운이 온몸에 퍼지자
셀비는 기분이 좋아졌다. 셀비는 〈행운의 백만 달러
퀴즈 쇼〉의 주제곡을 흥얼거리고 싶어졌다. 잠시 후
마취에서 깨어나자 이빨 치료가 이미 끝난 뒤였다.
몽롱한 채로 누워 있던 셀비가 아무 생각 없이 노래

를 부르기 시작했다.

　　누구나 백만장자가 될 수 있지.

　　모든 걸 잊고 퀴즈를 풀어 봐.

　　모든 걱정을 잊어버려!

　　모두 날려 버리라구!

"무슨 소리지? 방금 누가 노래를 부른 거야?"

닥터 푸들은 회오리 바람에 돌아가는 물레방아처럼 제자리를 뱅그르르 돌며 말했다.

그제야 실수했다는 것을 깨달은 셀비는 멍하니 의사를 바라보았다.

"너는 아니겠지?"

놀란 닥터 푸들이 셀비를 쳐다보았다. 셀비는 시치미를 뚝 떼고 있었다. 셀비는 얼른 앞발을 내밀어 의자 바로 옆에 있는 라디오를 켰다. 그러고는 천천히 라디오 볼륨을 올렸다.

"휴……."

닥터 푸들은 안도의 한숨을 내쉬었다.

"내가 라디오를 켜 놓은 모양이구나! 난 또 네가 노래를 부른 줄 알았지. 개가 노래를 부르다니……킥킥!"

'휴…… 들킬 뻔했네. 하마터면 사람들이 놀라 뒤집어질 뻔했잖아.'

셀비는 의자에서 내려와 대기실로 나가면서 생각했다.

6. 보아 뱀 바자

“이 파충류 우리를 빨리 고쳐야 해요. 이런 우리 안에서는 어떤 동물도 살 수 없겠어요. 뱀도 못 살 거예요.”

트라이플 부인이, 우체부이자 아마추어 배우이며 보거스 마을 동물원의 파충류 우리를 지키는 포스티에게 말했다.

“하지만 제가 이 우리를 고치는 동안 보아 뱀 바자는 누가 돌보죠?”

“내가 돌볼게요. 상자에 넣어서 오늘 오후에 우리

집으로 가지고 오세요. 되도록이면 빨리. 남편하고
세 시에 외출하거든요."
　부인이 대답했다.

　세 시가 되기 직전, 포스티는 큰 상자를 들고 트라
이플 부인의 집에 도착했다. 그리고 카펫 위에서 자
는 척하고 있던 셀비 옆에 그 상자를 내려놓았다.
　포스티가 부인에게 말했다.
　"바자는 오페라를 좋아해요. 오페라 방랑 극단인
'웨스턴 벨 칸토'의 집 속에서 태어났거든요.. 어렸
을 때는 오페라에도 출연했었답니다."
　"노래를 부르진 않았겠죠?"
　부인은 농담을 했다. 동물이 노래를 부를 수는 없
을 테니까. 물론 부인은 아직 셀비가 말은 물론이고
노래까지 할 수 있다는 사실을 몰랐다. 셀비는 트
라이플 박사 부부가 집을 비우면 듣곤 했던 오페라
〈클레오파트라와 독사〉를 처음부터 끝까지 부를 수
도 있었다.

"당연하죠. 바자는 그냥 소품이었어요. 〈클레오
파트라와 독사〉라는 오페라였거든요."

포스티는 셀비의 귀가 번쩍 들리는 것을 보지 못
했다.

"아시다시피 클레오파트라는 독사에게 자기를 물
게 해서 자살을 하잖아요. 소프라노 가수는 30분 동
안이나 바자에게 물려 죽는 시늉을 해요. 물론 노래
를 하면서요. 다행히 보아 뱀은 독이 없어서 매일
밤 같은 가수를 쓸 수 있었죠. 지금도 바자는 〈클레
오파트라와 독사〉를 들으면 흐느적거리면서 기쁨의
눈물을 흘린답니다."

"그렇게 재능 있는 뱀이 어떻게 보거스 마을 동물
원으로 오게 되었죠?"

부인이 물었다.

"몸집이 너무 커져서 쓸모가 없어졌거든요. 무거
워서 남자 가수도 바자를 들 수 없었어요. 마침 오
페라단이 이 곳에서 공연을 하고 있을 때였죠. 공연
이 끝나고 떠나면서 바자를 놓고 갔어요."

"아, 이런! 그러고 보니 우리도 지금 떠나야겠어요. 바자를 상자 안에 두고 가도 안전하겠죠?"

"물론이죠. 걱정하지 않아도 될 거예요. 저는 동물원으로 돌아가서 우리를 고치고, 내일 아침에 바자를 데리러 올게요."

"뱀이라고?"

트라이플 박사와 부인, 그리고 포스티가 떠나자 셀비는 상자 위에 뚫려 있는 공기 구멍으로 안을 들여다보았다.

"으악! 소름끼친다. 하지만…… 〈클레오파트라와 독사〉에서 주인공을 맡았다니, 아주 특별한 뱀이 틀림없어."

그 때 셀비에게 자연 생태 프로그램인 〈그들을 잡아라〉의 지난 주 방송이 갑자기 떠오르지만 않았다면, 그 뱀에 대해서는 곧 잊어버렸을 것이다. 〈그들을 잡아라〉의 진행자인 플래시는 야생 동물들과의 시합에서도 지는 법이 없었다. 게다가 그는 야생 동물을 사로잡은 것처럼 속임수를 쓰기도 했다. 지난 주에는 플래시가 머리 끝부터 발끝까지 얼룩뱀으로 뒤덮인 모습을 보여 주었다. 플래시는 그 프로그램이 끝날 때쯤 말했다.

"만약 뱀이, 따뜻하고 털이 난 동물이었다면 아마 사람들은 고양이나 개 대신 뱀을 애완동물로 길렀을 거예요. 여러분도 오늘밤은 뱀을 한번 안아 주겠어요?"

"음악을 듣고 싶니?"

셀비는 〈클레오파트라와 독사〉 레코드를 틀며 물었다. 그러고 나서 바자의 눈에 기쁨의 눈물이 맺혔는지 보려고 공기 구멍으로 상자 속을 들여다보았다. 하지만 눈물 같은 건 보이지 않았다. 오히려 셀비가 눈물이 날 지경이었다.

"맞아. 너처럼 큰 뱀에게 이 상자는 너무 작아. 별로 즐거워 보이지 않는 데도 다 이유가 있었구나."

셀비는 상자 뚜껑을 열고 바자의 슬픈 눈을 바라보았다.

"오, 바자야. 그렇게 쳐다보지 마. 내 가슴이 찢어질 것 같아. 이리 나와 봐, 이 소시지 같은 녀석아."

셀비가 카펫 위로 상자를 기울이자 몇 미터나 되는 긴 밧줄처럼 생긴 바자가 기어 나왔다.

〈클레오파트라와 독사〉의 아름다운 선율을 들으며 셀비는 바닥에 드러누웠다. 셀비는 자기가 저 뱀을 끌어안는다면 플래시가 얼마나 자랑스러워할지 생각해 보았다. 플래시를 좋아하는 최고의 팬으로서, 그가 한 말을 행동으로 옮길 수 있는 절호의 기회였다. 모든 것이 완벽했다. 딱 하나, 문 밑에서 불어 들어오는 차가운 바람만 없다면 말이다.

"이봐, 바자."

셀비는 바자를 부르며 기쁨의 눈물이 맺혔는지 다시 한 번 보았지만 눈물 따윈 보이지도 않았다.

"문 밑으로 들어오는 바람 좀 막아 주지 않을래?"

앞발로 바자를 들어올리려 했지만 역부족이었다. 이번엔 바자의 몸 밑으로 머리를 들이밀고 문 쪽으로 밀기 시작했다.

“아이고, 힘들어라.”

셀비는 바둥거리며, 축 늘어진 바자를 밀었다.

“헉헉! 은퇴할 때가 되긴 됐구나. 몸무게가 한 일톤은…… 헉헉! ……나가겠다.”

그 때 오디오에서 흘러나오던 노래가 다 끝났다. 그러자 바자는 더 이상 축 늘어져 있지 않았다. 바자는 서서히 셀비의 목과 다리를 휘감기 시작했다.

“으악! 무슨 짓이야?”

셀비는 몸에 감긴 바자를 풀어 버리려고 했지만, 그러면 그럴수록 바자는 셀비를 더 세게 조였다.

“제발 그만두지 못해?”

셀비는 얼굴을 돌려서 목을 감은 바자의 머리 부분을 겨우 떼어 놓았다. 하지만 그러는 동안 바자의 꼬리 부분은 셀비의 허리를 두 바퀴나 감았다.

“지금…… 으윽! ……저 오페라를 다시…… 으으윽! ……틀어야 하는데…….”

바자가 몸을 조여 오자 셀비는 점점 겁이 났다. 바자의 무게 때문에 꼼짝달싹할 수가 없었다. 그 때 바로 옆에 있던 전화기가 셀비의 눈에 띄었다.

"좋은 생각이 났어!"

셀비는 수화기를 들고 방송국으로 전화를 했다.

"〈그들을 잡아라〉의 플래시입니다."

"당신이 말한 대로 했어요. 뱀을 끌어안는 것 말
이에요."

"잘하셨어요. 바로 그거예요. 아무튼 전화 주셔서

감사합……."

플래시가 들떠서 말했다.

셀비가 끼어들었다.

"잠깐만요, 끊지 마세요. 문제가 생겼어요."

"요즘에 문제 없는 사람이 어디 있겠습니까?"

"내 문제는 좀…… 헉헉! ……달라요."

바자가 허리를 한 번 더 감자 셀비는 숨을 헐떡거리며 말했다.

"내가 안고 있는 뱀은…… 헉헉! ……보아 뱀이라구요. 지금 나를 쥐어짜고 있어요."

"아니, 아니죠. 쥐어짜는 게 아니에요. 압축하는거죠. 그게 보아 뱀의 특징이거든요."

플래시가 말을 바로잡아 주었다.

"쥐어짜는 거랑 압축하는 거랑 뭐가 다르죠? 지금 내 몸을 친친 감고 안 풀어 준단 말이에요!"

"다 자란 보아 뱀은 중간 크기의 동물을 한 입 크기로 압축시켜서 잡아먹는다는 사실을 알고 계시나요? 제가 2년 전에 아마존 탐험을 한 적이 있었는데, 제 애완견과 함께 갔었죠. 그런데 어느 날 개가 길을 잃어버려서…… 그래서……."

"알았어요! 알았다구요!"

셀비가 소리쳤다.

"제 개한테 무슨 일이 일어났는지 듣고 싶지 않으세요?"

"아뇨! 그냥, 이 괴물을…… 내 몸에서 떼어 낼 수 있는…… 방법이나 가르쳐 주세요."

셀비는 숨이 막혀 가까스로 말을 이었다.

"나도 몰라요. 그건 제 분야가 아니에요. 하지만 내 생각으론, 두 손으로 뱀을 잡고 반대로 풀어 보는 게 좋겠어요."

플래시의 대답이었다.

"만약에…… 만약에…… 켁, 켁, 내가…… 켁……."

바자가 셀비의 목을 더욱 조여 왔다. 셀비는 켁켁거렸다. 셀비가 할 수 있는 것은 이제 거품을 물고 소리지르는 일밖에 없었다. 셀비는 소리를 지르고 또 질렀다.

그 때 바자가 몸을 천천히 누그러뜨리기 시작했다. 어느덧 셀비는 자신이 지르고 있는 소리가 〈클레오파트라와 독사〉에서 소프라노 가수가 죽어 가며 부르던 노래와 비슷하다는 것을 깨달았다. 바자가 조이고 있던 몸을 완전히 풀고 카펫 위로 힘 없이 늘어질 때까지, 셀비는 계속해서 소리지르고 노래했다. 이번엔 바자의 눈에 진짜 기쁨의 눈물이 보이는 것 같았다.

"여보세요! 여보세요! 괜찮아요?"

수화기에서 플래시의 목소리가 들렸다.

셀비는 수화기를 들었다.

"이 정도면 수준급 아닌가요? 〈클레오파트라와 독사〉는 불러 본 지도 한 달이 넘었는데……."

셀비는 그렇게 말하며 바자를 다시 상자에 밀어 넣었다.

7. 말썽꾸러기 윌리

그 날은 셀비에게 최악의 날이었다. 해마다 부활절이면 보거스 마을에서는 '코로 계란 굴리기 시합'이 벌어진다. 그 날도 마을 모든 아이들이 계란 굴리기 시합을 하기 위해 트라이플 박사의 집 앞에 모였다. 제티의 아들인 윌리도 빠질 리 없었다. 바로 윌리 때문에, 올해 부활절은 셀비에게 악몽 같은 날이 되고 말았다.

"셀비야! 윌리가 왔구나."

카우보이 복장을 한 윌리가 올가미 밧줄을 휘휘

돌리며, 엄마와 함께 트럭에서 내리는 것을 보고 트라이플 부인이 말했다.

"윌리가 계란 굴리기 시합이 시작될 때까지 너와 놀고 싶다는구나"

셀비는 펄쩍 뛰며 생각했다.

'아이쿠! 빨리 뒷문으로 도망가서 하루 종일 숨어 있어야겠어.'

셀비와 윌리의 인연은 몇 년 전으로 거슬러 올라간다. 윌리는 셀비를 처음 보자마자 셀비의 등에 폴짝 올라타서는 구두 뒤축으로 갈비뼈를 차면서 소리쳤다.

"이랴! 서부의 무법자 윌리가 나가신다!"

셀비는 그 날부터 일 주일 동안 제대로 걷지도 못했다.

그 뒤부터 셀비는 해마다 윌리만 나타나면 도망치려고 했다. 하지만 매번 붙잡혀서 로데오 경기의 황소처럼 윌리를 태우고 집 주위를 돌아다녀야만

했다.

"이번엔 절대 쉽지 않을걸. 어디 한번 찾아 내 보라지."

뒷문으로 빠져나온 셀비는 숲을 향해 전속력으로 뛰며 말했다.

그러나 말이 끝나기가 무섭게, 셀비는 윌리가 던진 올가미에 목이 걸려 길 잃은 송아지가 끌려가듯 질질 끌려가게 되었다.

"잡았다, 요 망아지야!"

윌리는 소리쳤고, 셀비는 머리 끝부터 꼬리 끝까지 소름이 쫘아악 끼쳤다.

"자, 이제 일어나! 카우보이 놀이 해야지!"

한 시간 동안이나 쫓겨 다니던 셀비는 올가미에 걸려 묶인 채 윌리를 태우고 카우보이 놀이에 시달렸다. 결국은 너무 지쳐서 도저히 움직일 수 없는 상태가 되었다.

"거기 그대로 그렇게 가만히 서 있어, 요 망아지

같은 녀석아!"

월리는 바람을 가르며 펄쩍 뛰어 셀비의 등에 올라탔다. 하지만 셀비는 버티지 못하고 바닥에 그대로 쓰러지고 말았다.

"야— 호호호!"

월리는 소리치며 셀비의 발을 밧줄로 꽁꽁 묶었다. 셀비는 생각했다.

'어이쿠, 내가 도대체 무슨 잘못을 했길래 이런 생고생을 하는 거지?'

"이번엔 어제 새로 산 인두를 써 볼까?"

월리는 바베큐 그릴에서 한쪽 끝에 '카우보이 월리'라고 새겨진 인두를 꺼냈다.

'안 돼! 살려 줘! 쟤가 진짜로 인두로 낙인을 찍으려나 봐! 내 몸에 저게 닿으면 정말 끝장이야.'

셀비는 그만 큰 소리로 "그만둬, 이 바보야!" 하고 소리지를 뻔했다. 하지만 바로 그 때 제티가 나타나 소리질렀다.

"월리야! 당장 그만두거라. 계란 굴리기 시합해야

지! 다른 애들이 다 출발선에서 기다리고 있잖아. 서둘러!"

"아참, 아참! 까맣게 잊어버렸네! 이기고 말 테야! 이번에도 꼭 이기고말고!"

윌리는 인두를 내팽개치고 뛰어가기 시작했다.

"일등은 따 논 당상이지!"

제티가 셀비의 발에 묶여 있는 밧줄을 풀어 주며 말했다.

"흠……. 뭔가 기억이 날 것도 같은데……. 맞아! 너 말했었지, 그렇지? 맞아, 그거야! 내가 꿈을 꿨는데, 네가 말을 하더라구. 정말 우스운 일이지? 후후후!"

제티는 의심쩍은 눈초리로 셀비를 바라보며 말했다. 그러더니 계란 굴리기 시합을 보러 갔다.

"언젠가 내가 진짜 우스운 게 뭔지 제대로 보여 주겠어요."

셀비는 비틀비틀 일어서며 혼잣말로 중얼거렸다.

"규칙을 꼭 지켜야 해요, 여러분!"

트라이플 부인이 젖은 풀밭 위에서 출발선에 두 무릎과 두 손을 대고 기다리고 있는 아이들에게 말했다.

"반드시 코로 계란을 밀어야 해요. 손을 써서는 안 됩니다. 그리고 물웅덩이를 조심하세요. 결승점에 제일 먼저 도착하는 사람이 이기는 거예요!"

윌리가 출발선 중간으로 밀고 들어오며 말했다.

"하하. 내가 작년에도 일등이었고 재작년에도 일등이었어. 그러니 올해도 당연히 일등 아니겠어? 내 앞에서 방해하면 알지?"

드디어 출발을 알리는 벨이 울렸다. 계란 굴리기 시합이 시작된 것이다.

"저리 비키지 못해?"

윌리는 옆에 있던 아이들 셋을 밀치며 앞으로 나가기 시작했다.

"바로 그거야! 네가 제일 빨라. 일등이야."

제티가 옆에서 껑충껑충 뛰며 소리를 질렀다.

“저리 가!”

윌리는 아이 한 명을 더 밀어 버리고, 이제 맨 앞에 가고 있는 셸리라는 여자 아이를 막 따라잡기 시작했다.

“저리 가, 셸리! 내가 일등이야.”

윌리가 사납게 말했다. 셸리는 재빨리 코로 계란을 밀며 대답했다.

“과연 그럴까? 내가 너보다 빠른걸? 내가 이길 거야!”

“경고하겠는데, 당장 비켜! 넌 나한테 지게 돼 있어. 그러니까 저리 비켜!”

다른 사람들은 모두 조용해졌고 제티만 “따라잡아, 윌리야! 따라잡아!” 하고 외치고 있었다. 윌리가 이기길 바라는 사람은 윌리의 엄마인 제티밖에 없었다. 이제 결승점까지는 몇 미터밖에 남지 않았다. 아직 셸리가 앞서고 있었다.

자기가 질 것 같자 윌리는 일부러 셸리한테 넘어졌다. 그러자 셸리가 계란 위로 넘어지면서 계란이

깨지고 말았다.

"네가 내 계란을 깨뜨렸어! 이건 반칙이야."

셀리는 자기를 추월하는 윌리를 보며 소리쳤다.

"나는 네 계란을 만지지도 않았어! 말도 안 되는 소리 하지 마!"

이제 아무도 윌리가 승리하는 것을 막을 수 없었다.

한편 윌리의 행동을 보고 있던 셀비는 화가 날 대로 났다. 셀비는 얼른 출발선으로 가서, 코로 계란을 밀며 쏜살같이 달려갔다.

"윌리를 꼭 따라잡고 말겠어!"

셀비는 젖은 풀밭을 달리며 말했다.

셀비가 점차 윌리를 따라잡자, 옆에서 보고 있던 사람들이 큰 소리로 응원하기 시작했다. 셀비는 스키 선수가 깃발을 피해 활강하듯 물웅덩이를 날쌔게 피했다. 하지만 사람들은 다시 숨을 죽여야 했다. 셀비가 선두인 윌리를 거의 따라잡았지만, 윌리는 어느새 결승점에 거의 다다르고 있었던 것이다.

윌리 바로 뒤에서 셀비는 윌리만 들을 수 있는 작은 목소리로 속삭였다.

"야, 이 바보야! 뒤를 봐! 네 바로 뒤에 야생마가 쫓아가고 있다구!"

윌리는 깜짝 놀라 뒤를 돌아보았다. 그 순간 셀비는 윌리를 밀어 제일 큰 진흙탕에 빠뜨려 버렸다. 그러고는 재빨리 결승점을 통과했다.

"이건 반칙이야!"

진흙에 빠진 윌리가 소리를 치며 일어섰다. 윌리의 모습은 꼭 초콜릿 아이스크림 콘처럼 보였다.

"저 망할 놈의 개가 나를 속였어. 저 개가 내게 말을 걸었다구! 그러니까 내가 이긴 거야! 내가 일등이라구!"

셀비에게는 천만다행으로, 아무도 윌리의 말을 믿지 않았다. 심지어는 제티도 믿지 않았다. 하지만 불행히도, 트라이플 부인은 일등에게 주는 상품인 케이크를 윌리에게 주었다. 부인이 말했다.

"셀비가 우승했어요. 하지만 개에게 케이크를 줄

수는 없지요. 셀비가 케이크를 먹으면 배탈이 날 테
니까요."

'바보 멍청이 윌리에게서 케이크를 빼앗아야겠
어. 나도 케이크 좋아한단 말이야.'

셀비는 테이블 위에 올라가서 케이크 위에 버티
고 섰다. 윌리는 황소처럼 당당하게 서 있는 셀비를
힐끔 쳐다보더니, 갑자기 뭔가에 사로잡힌 듯 다가

갔다.

"거기 가만히 있어! 망아지 녀석아!"

월리는 케이크 따윈 까맣게 잊어버리고 셸비 위에 올라타려고 펄쩍 뛰었다.

"길을 비켜라! 월리님이 나가신다! 야—호!"

환호성이 채 끝나기도 전에 월리는 이미 공중을 가르며 불쌍한 셸비의 등 위로 날아오고 있었다. 그 순간 셸비는 살짝 옆으로 비켜섰다. 그리하여 월리는 케이크에 정면으로 얼굴을 박고 말았다.

"미안해서 어쩌지? 이 바보 멍청아! 내년엔 좀 잘해 보라구!"

셸비는 월리 귀에 대고 소곤거렸다.

그러고 난 뒤 셸비는 〈행운의 백만 달러 퀴즈 쇼〉를 보러 들어갔다.

8. 서커스에 간 셀비

"셀비가 신문을 읽고 있어요!"

빌리가 소리질렀다. 빌리는 제티의 또다른 고약한 아들이며, 셀비와 원수지간인 윌리의 동생이다.

"셀비는 그냥 개란다. 개들은 글을 읽을 수 없어."

트라이플 박사가 말했지만 빌리는 지지 않고 소리쳤다.

"분명히 읽고 있다니까요. 셀비의 눈동자가 돌아가는 걸 내가 봤어요! 빨리 와서 보세요!"

셀비는 보거스 신문 위에 앉아서 광고를 보고 있

었다. 보거스 마을에 서커스단이 왔다는 광고였다.

“강철 같은 발이라구? 와우! 환상이야. 이 쇼를 꼭 보고 싶어!”

평소 개의 능력에 관심이 많은 셀비는 광고를 보고 중얼거렸다.

그 때 빌리가 박사를 거실로 끌고 오며 말했다.

“이모부, 빨리 와 보세요! 셀비가 신문을 읽고 있잖아요!”

셀비는 가만히 신문지에 누워서 자는 척했다. 박사가 말했다.

"셀비는 신문을 읽는 게 아니란다. 그냥 자는 거야. 셀비는 신문지 위에서 잘 때가 많거든."

"하지만 분명히 읽고 있었다구요! 딱 보면 읽는지 안 읽는지 알 수 있잖아요!"

빌리가 따졌다.

'누가 네 말을 믿어 줄 것 같니? 천만다행이야, 아무도 안 믿어 줘서.'

셀비는 이렇게 생각하며 자는 척하다가 진짜로 잠이 들고 말았다. 일어나니 어느덧 저녁이었고 집엔 아무도 없었다.

"잘됐어! 박사님과 아줌마는 아마도 그 바보 같은 빌리를 집에 데려다 주러 가셨나 봐! 그 동안 나는 줄타는 개를 보러 가야지."

셀비는 서커스 천막 뒤에서 기다리다가 조련사가 코끼리 세 마리와 낙타 두 마리를 데리고 뒷문으로 들어가는 것을 보았다. 셸비는 재빨리 코끼리 다리 뒤에 숨어 어둠 속으로 따라 들어가며 생각했다.

'아무도 모를 거야. 이럴 땐 정말이지 사람이 아니라서 좋다니까!'

그 때 손 하나가 불쑥 나타나더니 셸비를 붙잡았다.

"이봐, 엘리엇! 그 개를 잡았어!"

누군가 말했다.

"개라니?"

또다른 목소리가 들려 왔다.

"소개소에서 보낸 개 말이야. 줄타는 기적의 개 바니 대신 내보낼 거야."

"바니는 어쩌구?"

"바니는 줄을 타다 떨어져서 네 다리가 모두 부러졌어. 낙타 위로 떨어진 게 그나마 다행이었지."

"혹시 그 낙타가 혹이 하나였어, 두 개였어?"

"다행히 두 개였어. 만약 하나였다면…… 죽었겠지. 어서 이 개를 바구니에 넣게 도와줘. 무대로 나갈 차례야.”

물거나 할퀴거나 사람의 말로 소리지를 틈도 없이, 셀비는 이미 바구니에 담겨 천막 꼭대기로 올라가고 있었다. 음악이 나오고, 밧줄에 매달린 바구니가 줄 끝에 닿자 관중은 환호성을 질렀다. 그 때 서커스 단원인 프레드가 바구니에서 셀비를 꺼냈다. 셀비는 아래를 한번 내려다보더니 프레드에게 꼭 붙어 떨어지지 않으려고 했다. 관중은 조용해졌고 어디선가 둥둥 북 소리가 나기 시작했다.

프레드는 “빨리 가!” 하고 속삭이며, 자기에게 꼭 달라붙어 있는 셀비를 떼어 내 외줄로 밀었다.

‘이건 말도 안 돼!’

셀비는 중심을 잡는 막대기를 입에 물고, 나가지 않으려고 버텼다.

‘꼼짝도 하지 않을 거야. 단원들이 어떤 실수를 저질렀는지 깨달을 때까지. 줄타기라니, 난 절대 못 해.’

“소개소에서 또 엉터리 개를 보낸 것 같군. 어떻

게 하지?"

프레드는 줄 반대편의 프리다에게 낮은 목소리로 외쳤다.

"한번 힘껏 밀어 봐요. 걔가 정 하기 싫다면 할 수 없죠. 분명히 다 망쳐서 사람들을 실망시킬 거예요."

셀비는 침을 꿀꺽 삼키며 앞발로 두 눈을 가렸다.

'이런! 사람들을 실망시킬 거라고? 내가 어쩌다 이렇게 되었지?'

바로 그 때 관중석에서 누군가가 소리질렀다.

"이모부, 셀비예요! 오늘 아침에는 신문을 읽더니 이젠 서커스를 해요. 보세요!"

빌리였다.

"오, 안 돼! 저 바보 멍청이를 서커스에 데려오시다니!"

셀비는 어둠 속을 내려다보며 말했다.

그 때 조용한 관중석에서 트라이플 박사의 목소리가 들려 왔다.

"네 말대로 셸비랑 똑같구나. 하지만 셸비일 리가 없어. 셸비는 곡예사도 아니고, 더구나 줄타기를 하기엔 너무 늙었단다."

한편 셸비는 줄 앞에서 중얼거렸다.

"윽, 나는 이제 죽었다. 줄타기를 하지 못하면 박 사님과 아줌마는 나를 알아보실 거야! 그럼 빌리의 말을 믿으시겠지? 내가 신문을 읽었다는 것도 아실 테고. 그럼 나의 비밀은 다 탄로나고 말 거야! 그럼 어떻게 되는 거지? 처음엔 좋아하시겠지. 가족으로 환영해 주실 테고 식탁에 함께 앉아 밥도 먹게 되겠지. 하지만 그 다음엔? 그 다음엔, '셸비야, 우리 외출하는 동안 전화 좀 받아 주겠니?' '셸비야, 가게 좀 빨리 갔다 올 수 있니?' '오늘은 잔디 깎는 법을 가르쳐 주마.' 하실 거야. 꿀꺽! 나는 전화도 받기 싫고, 가게 심부름도 하기 싫고, 잔디 깎는 것은 정말로 싫어! 내가 무슨 노예야? 줄타기를 해야겠어. 어떻게든 줄타기를 해서 내가 셸비가 아니라고 믿게 만들어야 해."

드디어 셀비는 발 하나를 줄 위에 내디뎠다. 관중은 환호하기 시작했다.

"도대체 쌍봉낙타는 왜 안 나타나는 거야?"

셀비는 다리를 떨며 한발 한발 나아갔다.

"한 발짝만 더 나아가면 더 이상 돌아갈 수도 없어. 아자! 아자! 나는 할 수 있다!"

그러나 네 번째 발걸음을 옮기고 나자 셀비는 무서워서 꼼짝할 수가 없었다. 턱에서는 땀이 뚝뚝 떨어지기 시작했다.

"해내고 말 테야!"

셀비는 다시 줄을 타면서 말했다.

중간쯤에 이르렀을 때, 프리다가 셀비에게 뒷발 두 개로만 서라는 손짓을 했다.

"이것 봐요, 지금 농담하는 거예요? 네 개의 다리를 가지고 태어났으니 네 개 다 사용할 거예요."

그 때였다. 프레드가 줄 위로 올라서자, 셀비는 중심을 잃고 기우뚱거리다가 결국 들고 있던 균형봉을 떨어뜨렸다. 어둠 속으로 떨어진 기다란 막대기

는 가까스로 쌍봉낙타를 빗나갔다. 셀비는 뒷발로
서서 앞뒤로 비틀거렸고, 관중은 소리를 지르기 시
작했다.

"어…… 어…… 셀비가 떨어져요!"
빌리가 소리질렀다.

그 때 갑자기 셀비는 공포 속에서 엄청난 힘이 솟
구치는 것을 느꼈다. 셀비는 뒷발로 줄 위를 달려
맞은편에서 두 팔을 벌리고 있는 프리다에게로 뛰

어들었다. 바구니를 타고 내려오는 동안 관중은 모두 일어서서 환호성을 지르고 발을 구르며 흥분했다. 셀비의 공포는 곧 기쁨으로 바뀌었다. 셀비는 뒷발로 서서 환호하는 관중에게 인사했다.

셀비는 땅에 내리자마자 조련사들을 피해 얼른 관중 속으로 들어가 천막 구멍으로 빠져나왔다. 빌리, 그리고 트라이플 박사와 부인 옆을 지나칠 때 셀비는 부인이 하는 소리를 들었다.

"멋진 개야! 셀비를 꼭 닮았어."

셀비는 무사히 집에 돌아와 텔레비전을 켜고 〈행운의 백만 달러 퀴즈 쇼〉를 보며 말했다.

"내 발이 비록 강철은 아니지만 뛰어난 재능을 가지고 있는 게 틀림없어. 빌리 같은 녀석이 가진 재주를 모두 합쳐도 내 발만 못할걸!"

9. 심술쟁이 해리의 최후

셀비는 개를 좋아한다. 셀비 역시 개니까. 하지만 윌리네 집에 사는 해리는 정말 심술궂고 뻔뻔스러운 개다. 더 참을 수 없는 것은 해리가 지금 트라이플 박사의 집에 머물고 있다는 것이다.

"아마 네 잘못은 아닐 거야!"

셀비는 해리가 말을 못 한다는 것을 알면서도 해리에게 말을 걸었다.

"제티와 그 끔찍한 두 아들과 함께 사는 것은 금메달을 받을 일이니까!"

하지만 해리는 먹을 것을 준 지 15분도 안 되어 셀비를 밀어 내고 셀비의 먹이를 몽땅 먹어치우는가 하면, 셀비의 뒷다리를 물려고 온 집 안을 쫓아 다녔다. 지친 셀비는 거실 카펫에 완전히 나가떨어졌다. 엎친 데 덮친 격으로 해리는 셀비가 감자 부대라도 되는 것처럼 그 위에 올라가 깔아뭉갰다.

"됐어. 그만 해, 해리. 네가 이겼어. 네가 대장이야. 제발 내려와!"

셀비가 말했다.

하지만 해리는 몇 분이나 그렇게 셀비를 깔아뭉개고 있더니, 다시 덥석 물어 버렸고, 도망가는 셀비를 쫓느라 온 집 안을 헤집고 다녔다.

"너희 둘 그만두지 못해?"

트라이플 박사가 부엌에서 아내가 좋아하는 마시멜로 크림 케이크를 만들면서 말했다. 트라이플 부인을 깜짝 놀라게 할 생일 케이크를 만들고 있었던 것이다.

"그렇게 뛰어다니다 케이크가 떨어지면 어쩌려고

그래? 내가 나간 다음에 맘껏 뛰어 놀려무나!"

셀비는 박사의 발 밑으로 기어 들어가며 생각했다.

'가지 마세요! 박사님이 가시면 악당 해리랑 단둘이 있어야 하잖아요! 제발 저를 지켜 주세요!'

박사는 완성된 케이크를 식히려고 열린 창문가에 올려놓았다. 박사가 집에서 나가자 쫓고 쫓기는 해리와 셀비의 실랑이는 다시 시작되었다.

"누가 나 좀 도와줘요!"

셀비는 소리쳤다. 해리한테 쫓겨 거실을 27바퀴나 돈 데다 뒷다리는 물려서 시퍼렇게 멍이 들었다.

"누구 없어요? 살려 주세요, 제발! 정말 못 참겠어요……. 그래!"

피아노 위로, 소파 아래로 쫓겨 다니던 셀비에게 좋은 생각이 떠올랐다.

"말도 하고, 생각도 하고, 게다가 천재인 내가 저 바보 같은 개한테 진다면 말이 안 되지! 앞문으로 나간 다음 얼른 문을 닫아서 해리를 가둬야겠어!"

셀비는 문을 향해 돌진했다. 하지만 문을 채 닫기도 전에 해리는 문을 쾅 밀치며 튀어나왔다. 그 바람에 셀비는 진흙탕에 나동그라지고 말았다. 한편 활짝 열렸던 문은 반동으로 다시 닫혀 버리고 말았다.

"이런! 이제 너랑 나랑 둘 다 집 안으로 들어갈 수 없게 됐잖아!"

셀비는 또다시 해리한테 쫓겨 집 주위를 뛰어다녔고 해리는 계속 셀비의 꼬리를 물어뜯었다.

"방법은 하나밖에 없어. 창문으로 집에 들어가는 거야!"

그런데 집 주위를 열심히 뛰어다니며 찾아보았지만, 열려 있는 창문은 부엌에 난 창문뿐이었다. 게다가 그 창문은 너무 높았다.

"어떻게 하지……. 아야!"

셀비는 또다시 해리한테 꼬리를 물리고 말았다. 그러자 셀비는 갑자기 돌아서서 이빨을 드러냈다. 그러고는 소름끼치도록 으르렁거리며 해리를 향해 돌진했다. 바보 같은 해리는 순간적으로 그 자리에 얼어붙었다. 그 때 셀비는 얼른 해리의 등을 딛고 뛰어올라 부엌 창문으로 들어갔다. 여기까지는 완벽했다. 하지만 곧 또다른 불행이 기다리고 있었다. 셀비는 트라이플 박사가 애써 만들어 놓은 마시멜로 크림 케이크 한가운데 처박혔던 것이다. 케이크가 사방으로 다 튀어 버렸다.

"이런, 이제 어떡하지? 케이크를 다 망쳤잖아!"

셀비는 몸에 묻은 케이크를 핥아 먹고는 재빨리 바닥을 치웠다.

"박사님과 아줌마가 오시기 전에 다시 하나 만들어야겠어!"

셀비가 요리책을 보면서 계량컵과 티스푼으로 이것 저것을 섞고 있는 동안에도 해리는 집 안으로 들어오고 싶어 계속 짖어 대고 있었다.

"이건 다 네 잘못이야, 이 똥개야!"

셀비는 창문을 쾅 닫으며 소리쳤다. 그 바람에 요리책의 책장이 그만 살랑 넘어가고 말았다.

셀비는 아무것도 모르고 엉뚱한 내용을 읽고 있었다.

"음……. 매운 카레 가루를 한 컵 넣고 잘 섞는다.……이거 좀 이상한데? 맞겠지, 뭐."

셀비는 반죽에 '3배 농축 매운 카레 가루'를 한 컵 넣어 섞은 뒤 케이크 틀에 담아 오븐에 넣었다.

시간이 지나고 셀비는 오븐에서 케이크를 꺼냈다. 아주 맛있게 생긴 케이크였다. 케이크를 접시에다 옮겨 담고 생크림으로 장식을 마쳤을 때 차 소리가 들렸다. 셀비는 재빨리 완성된 케이크를 망가진 케이크가 있던 창문가에 올려놓았다.

셀비가 케이크 틀에 남아 있는 부스러기를 앞발로 깨끗이 긁고 있을 즈음 트라이플 박사와 부인이 문여는 소리가 들렸다. 셀비는 증거를 없애기 위해 앞발에 묻어 있는 케이크를 깨끗이 핥아 먹었다.

"으아, 으아, 어우우우."

너무 매웠다. 셀비는 소리를 지르며 트라이플 박사 부부를 지나쳐 밖으로 뛰쳐나갔다.

셀비는 정원에 있는 스프링클러*에 입을 대고 물을 꿀꺽꿀꺽 마셔 대며 말했다.

"이렇게…… 꿀꺽! ……매운, 꿀꺽! ……케이크는, 꿀꺽! ……처음 먹어 봐! 박사님과 아줌마가 먹으면 절대 안 되는데……. 한 입이라도 먹는 날엔 입에서 불이 날 거야!"

트라이플 박사와 부인이 저녁을 먹는 동안에도 해리는 계속 셀비를 쫓아 다녔고, 셀비는 그 케이크를 없앨 궁리만 했다. 하지만 케이크는 식탁 위, 잘 보이는 곳에 놓여 있어서 어떻게 할 도리가 없었다.

'먹지 말라고 경고해야 할 텐데, 어쩐다?'

셀비는 해리가 귀를 무는 것도 모르고 생각에 잠겼다.

'아무래도 박사님과 아줌마 앞에서 말을 해야겠어. 하지만 나의 비밀이 모두 밝혀질 텐데? 그래도 말해야 해. 두 분이 케이크를 먹게 둘 순 없어.'

---

* 잔디에 물을 뿌리는 기구.

셀비는 고개를 돌려 트라이플 박사 부부를 쳐다봤다. 두 사람의 눈을 바라보며 헛기침을 했다.

"셀비가 우리한테 뭔가 할 말이 있나 본데?"

박사가 말했다.

"케이크가 먹고 싶니?"

"저……."

셀비는 머뭇거리면서 트라이플 박사 부부처럼 개에게 마시멜로 크림 케이크를 나누어 줄 정도로 착하고 친절한 사람들과 살아 온 자신이 얼마나 운 좋은 개인지 생각했다. 눈물이 나려고 했다. 셀비는 정말 말을 하려고 입을 뗐다.

바로 그 때였다. 기다렸다는 듯이 해리가 식탁 위로 펄쩍 뛰어올랐다. 그러더니 케이크를 통째로 한 입에 꿀꺽 삼켜 버린 것이다.

"멍멍! 왈왈! 왈왈!"

해리는 울부짖으며 문에 쳐 둔 방충망까지 뚫고 정원으로 뛰쳐나갔다. 그리고 스프링클러 물이 다 바닥날 때까지 마구 마셔 댔다.

“거 참, 정말 이상하네.”

부인은 셀비는 까맣게 잊어버린 채 케이크가 있던 곳을 바라보며 말했다.

“ 해리가 왜 저러는 거죠?”

‘3배 농축 매운 카레를 한 컵이나 먹은 탓이죠.’

셀비는 카펫에 엎드려 마침내 찾아온 평화를 맛보며 생각했다.

‘해리는 당해도 싸.’

10. 연극 배우 셸비

"이것 좀 봐요!"

2주에 한 번 나오는 여성 연극 동호회보를 읽고 있던 트라이플 부인이 말했다.

"보거스 마을 스톰프 극단에서 〈마법에 걸린 개〉라는 연극을 하는데, 여기 출연할 개가 필요하대요! 셸비도 오디션에 데려가 봐야겠어요."

셸비의 두 귀가 쫑긋거렸다.

'연극을 하고 싶어. 지난 번 서커스에서 줄타기 묘기를 한 다음부터 박수 갈채에 중독된 것 같아.

박수가 그리워.'

그 날 오후, 트라이플 부인은 셀비를 오디션 장소로 데려갔다. 그 곳엔 작가이자 감독인 멜라니가 있었다. 멜라니는 연극이 없는 날에는 보거스 마을 장미공원에서 정원사로 일하고 있었다.

"저 개는 앉으라고 하면 앉나요?"

멜라니가 물었다.

"당연하죠!"

트라이플 부인이 대답했다.

"그럼 부르면 오나요?"

"그럼요."

"그럼 됐어요. 저희에게 개를 맡겨 두고 가세요."

'어째 내가 할 역할이 대단한 것 같진 않은데? 그래도 해야겠지?'

셀비는 생각했다.

그 때 멜라니가 머리 위로 손뼉을 치며 말했다.

"모두 여기 좀 보세요! 이제 개가 있으니 시작할까요? 연극의 줄거리를 말씀드리겠어요. 이 연극은 목동에 관한 이야기예요. 한 목동이 세 마녀 자매가 운영하는 양치기 목장에 오게 되었어요. 마녀 자매는 양들을 돌봐 줄 개가 필요했던 거지요. 그래서 목동을 저녁에 초대한 다음, 마법을 건 파파야 열매를 먹게 하고 이상한 음악을 연주해서 목동을 양치기 개로 만들었답니다.”

'참 재미있는 이야기로군!'

셀비는 점점 이야기에 빠져들었다.

“클라이막스는, 개로 변한 목동이 마법을 풀기 위해 '어둠의 춤'을 추는 장면이죠.”

멜라니는 포스티를 가리키며 말했다.

'마법을 왜 풀어? 개가 뭐 어때서…….'

셀비는 생각했다.

“그러니까 당신은 마법을 건 음식을 먹고 난 뒤 비틀거리며 집에서 나와 달빛 아래로 오는 거예요. 셀비가 거기 숨어 있을 거구요. 당신은 셀비를 밀어서 조명 앞으로 보내기만 하면 돼요. 그 동안 당신은 개 옷을 갈아입으면 되지요. 옷을 다 입었으면 얼른 셀비를 다시 바위 뒤로 불러들이세요. 때맞춰 조명을 끌 거예요. 그 다음에는 '어둠의 춤' 을 추면 되는 거죠. 무대가 어두울 테니까 진짜 개가 춤추는 것처럼 보일 거예요! 알았죠? 그 '어둠의 춤' 으로 마법이 풀리고 마녀 자매들은 타조가 되어 도망치는 것으로 이야기가 끝나지요. 모두 잘 아셨죠?"

이 말을 듣고 셀비는 생각했다.

'그러니까…… 나는 처음에는 바위 뒤에 가만히 숨어 있다가, 포스티 아저씨가 옷을 갈아입을 동안 잠시 무대 앞으로 나갔다가 다시 바위 뒤로 돌아와서 숨어 있으면 된다는 거지? 별볼일 없는 역이지만 그래도 최선을 다해야지.'

그 때 멜라니가 소리쳤다.

"자, 그러면 모두 제자리로! 이제 연습을 시작합시다."

드디어 〈마법에 걸린 개〉의 개막일. 극장은 대만원이었고, 모두들 숨을 죽이고 연극을 지켜보았다.

셀비는 자신이 나갈 차례만 기다리며 바위 뒤에 숨어 있었다. 연극이 진행될수록 셀비는 가슴 속에서 꿈틀거리는 배우 기질을 느꼈다. 포스티가 비틀거리며 다가오자 셀비의 가슴은 쿵쿵 뛰기 시작했다.

드디어 셀비 차례였다. 셀비는 포스티가 밀기도 전에 무대 앞으로 뛰어나갔다. 그러고는 뒷발로 서서 사람들이 잘 볼 수 있도록 좌우를 돌아보았다.

'내가 생각해도 난 너무 멋있어!'

너무 기쁘고 흥분된 나머지 셀비는 등에 소름이 쫘악 끼치는 것을 느꼈다. 그 때 바위 뒤에서 포스티가 속삭이는 목소리가 들려 왔다.

"야, 멍멍아. 이제 됐어! 내 차례라구!"

조명이 꺼졌다. 셀비는 바위로 그냥 들어가지 않고 공중제비를 돈 다음 멋지게 바위 뒤로 착지하려고 했다. 그런데 그만 개 옷을 입기 위해 허리를 굽히고 있던 포스티의 등에 정통으로 떨어지고 말았다. 그 바람에 포스티는 머리를 바닥에 꽝 부딪쳤다.

"아저씨! 괜찮아요?"

비밀이 밝혀지는 것은 문제도 아니었다. 셀비는 포스티에게 작은 소리로 말했다.

하지만 아무런 대답이 없었다. 무대에서 한참 동안 아무 일도 일어나지 않자 관중은 수군거리기 시작했다.

"하하하! 드디어 너는 어둠의 그물에 잡혔노라. 이제 넌 절대로 도망칠 수 없어!"

세 마녀 중 한 명이 말했다. 벌써 세 번째 똑같은 대사를 외치고 있었지만 바위 뒤에서는 아무 대답이 없었다. 관중의 수군거림은 곧 웅성거림으로 바뀌었다.

셀비는 할 수 없이 포스티의 목소리를 흉내내어 소리쳤다.

"내가 마법을 풀고 말겠다! 어둠의 춤을 추어 마법을 풀 것이다."

셀비는 어둠침침한 조명 아래서 춤추기 시작했다. 이리 빙빙 저리 빙빙 춤을 추는 동안 사람들은 다시 조용해졌다. 셀비는 신들린 듯 음악 소리에 맞

춰 점프를 하며 멋진 묘기를 보여 주었다. 관중은 입을 벌리고 희미한 개의 모습을 지켜보았다. 1층의 뒷좌석에서 누군가 소리질렀다.

"훌륭해!"

그리고 또 누군가는 이렇게 소리쳤다.

"놀라운 춤이야! 대단한 연기야!"

셀비는 점점 더 빠르게 춤을 추었다. 처음에는 네

발로 그 다음에는 뒷발로, 그리고 나중에는 발을 바
꾸어 가며 엄청난 속도로 춤을 추었다. 드디어 음악
이 멈추고 커튼이 내려오기 시작했다. 그 때 바위
뒤에서는 기절했던 포스티가 깨어나고 있었다. 포
스티가 바위 뒤에서 나오는 순간 극장의 모든 조명
이 들어왔다. 관중들은 모두 일어나 "브라보! 브라
보!"를 외쳤다. 멜라니는 무대로 뛰어 올라와서 이
제 막 깨어나 비틀거리며 걸어나오는 포스티를 껴
안았다.

"정말 대단했어요! 어쩜 그렇게 춤을 잘 추는지!
그리고 그 개 옷은 완벽했어요. 셀비보다도 더 진짜
개처럼 보였다니까요!"

"그게 말이 돼?"

셀비는 으쓱대며 혼자 중얼거렸다.

"하지만…… 하지만…… 저는 춤춘 기억이 전혀
없어요. 기억나는 건 어둠뿐이라구요."

포스티는 머리를 두 손으로 감싸며 말했다.

11. 펑크 강아지 프레디

“윌레미나! 웬일이야!”

트라이플 부인이 현관에서 멋지게 차려 입은 사촌
을 맞이했다.

“오늘이 벌써 그 날인가? 네가 다녀간 지 한 달밖
에 안 된 것 같은데……. 네 개는 어딨니?”

오늘은 보거스 마을의 애견 협회에서 1년마다 한
번씩 여는 애견 콘테스트가 있는 날이다. 윌레미나
가 이 별볼일 없는 시골 마을에 올 이유는 그것밖에
없었다. 항상 그랬듯이 각종 상을 몽땅 쓸어 가기

위해 온 것이다.

"상자 안에 있어."

윌레미나가 상자를 들고 거실로 쿵쿵 걸어 들어오며 말했다. 상자에는 파란색과 금색으로 '프레디'라고 커다랗게 쓰여 있었다.

"시간이 없어."

윌레미나는 카펫 위에 있는 셸비를 발로 차서 밀어 내고 상자를 열었다.

"올해 또 우승을 하려면 빨리 작업에 들어가야 해."

상자 안에는 각종 머리빗과 머리핀, 인조 손톱 상자, 여러 가지 색깔의 액체가 담겨 있는 병들이 들어 있었다. 윌레미나는 염색약과 헤어드라이어 사이로 손을 뻗어서 작은 강아지를 꺼냈다.

셸비는 프레디가 목욕하고, 털을 염색하고, 파마하는 모습을 지켜보았다.

"프레디를 아예 파란색 개로 만들어 버렸군요."

트라이플 박사가 신문에서 눈을 떼고 윌레미나에

게 말했다. 박사는 도대체 사람들이 왜 강아지를 염색하는지 궁금했다.

"파란색이 아니라 연보라색이에요."

윌레미나가 고쳐 주었다.

"작년에는 진한 살구색이었구요. 올해 프레디의 컨셉은 '연보랏빛 백합'이에요. 그래서 프레디는 온몸이 연보라색이어야 해요."

"연보라색 푸들이라……. 도대체 그 다음엔 또 무슨 색으로 칠할 거지?"

박사가 중얼거렸다.

"최고 상을 받기 위해서는 뭔가 기발한 아이디어가 있어야 해요."

윌레미나는 프레디의 털을 말리고 나서 긴 연보라색 털이 화려하게 빛날 때까지 빗기고 있었다.

"아무런 대책도 없이 평범한 개를 시합에 내보내서 상 받기를 기대할 순 없죠. 뭐, 품종 상이야 받을 수 있을지 모르겠지만……. 보거스 마을 같은 시골에서 품종 상을 받기는 사실 누워서 떡 먹기죠."

윌레미나는 입술을 약간 삐죽거리며 말했다.

"반 이상이 똥개들이거든요. 물론 셀비를 기분 나쁘게 할 마음은 없어요. 프레디가 아마 시합에 나온 개 중에서 유일하게 족보 있는 개일걸요."

'뭐? 똥개? 윌레미나는 프레디를 강아지가 아니라 인형으로 생각하고 있어. 불쌍한 것……'

셀비는 프레디의 슬픈 눈망울을 보며 생각했다.

윌레미나는 프레디 몸 여기저기에 핀을 꽂고는 꽃 장식을 목에 둘러 주며 말했다.

"지금 프레디의 몸 상태는 최상이에요. 프레디는 진정한 챔피온이죠. 그렇지, 우리 예쁜이?"

'꼭 변호사 가발*에 눈 두 개를 붙인 것 같아. 심사위원들은 프레디에게 상을 주어야 할지, 아니면 프레디를 머리에 뒤집어써야 할지 구분이 안 갈 거야.'

셀비는 생각했다.

---

* 18세기 유럽에서 법관들은 위엄의 상징으로 가발을 썼으며, 지금도 영국에서는 법관과 변호사들이 법정에서 가발을 쓴다.

드디어 애견 콘테스트가 열리는 날. 참가자들이 차례로 자신의 개를 데리고 심사위원 앞에서 행진을 하는 동안 트라이플 박사와 부인, 그리고 셀비는 윌레미나의 옆에서 기다리고 있었다. 사람들은 모두 '연보랏빛 백합' 프레디의 차례만을 기다리고 있는 듯했다. 윌레미나는 심사위원들을 놀라게 하려고 최후의 순간까지 프레디를 상자 안에 감춰 두고 있었다.

셀비는 아무도 모르게 상자 앞 구멍에 머리를 집어넣고 프레디를 들여다봤다.

'아이구 불쌍해라……. 너는 이 대회에서 저 대회로 끌려 다니는 솜털뭉치가 아니야. 너도 우리처럼 생각하고 느낄 수 있잖아. 하지만 윌레미나에게 너는, 단지 줄에 묶여 이리저리 끌려 다니는 장식품이야. 아! 좋은 생각이 났어!'

셀비는 상자 안으로 기어 들어가 프레디의 목에 걸려 있는 꽃 장식을 모두 찢어 버렸다. 또 큰 가위로 프레디의 등쪽 털을 양털 자르듯 싹둑싹둑 잘랐다.

"다 됐어, 프레디."

셀비는 프레디가 대머리 상이라도 받을까 봐, 군데군데 털을 남겨 두었다.

"이 털 속에 진짜 살아 있는 강아지가 있다는 것을 보여 주자구!"

셀비가 염색약 몇 개를 들고 남아 있는 털뭉치를 빨강색·초록색·갈색·분홍색으로 물들이자 프레디는 사납게 꼬리를 흔들었다. 셀비는 마지막으로 상자 밖에서 주워 온 구겨진 종이와 종이컵, 쓰레기들을 실에 꿰어 프레디 목에 걸어 주었다.

드디어 심사위원이 프레디의 이름을 불렀다.

"자, 가 봐. 프레디! 쓰레기 목걸이가 아주 딱이야. 지금 넌 완벽한 내 스타일이야."

셀비는 상자 밖으로 얼른 뛰어나오며 말했다.

"이제 나오너라, 프레디. 우리 차례야."

윌레미나는 프레디가 훈련받은 대로 두 발자국 뒤에서 자기를 따라올 거라고 생각하며 앞장섰다.

프레디가 상자 밖으로 나와 의기양양하게 행진을 시작하자 갑자기 관중들이 조용해졌다. 방금 전까지만 해도 마구 짖던 개들까지. 그러나 그 조용함은 곧 커다란 웃음 소리와 박수 소리로 바뀌었다.

"으악!"

윌레미나는 비명을 질렀다.

"누가 프레디의 털을 다 뽑아 버렸어? 어떤 놈인지 잡히기만 하면 머릿가죽을 벗겨 놓을 테야!"

하지만 윌레미나의 말은 웃고 떠드는 사람들 소리에 묻혀 들리지 않았다.

그런데 그 때였다. 놀라서 입을 벌리고 있던 심사위원이 갑자기 미소를 지으며 말했다.

"멋져!"

심사위원은 십대인 자기 아이들이 입고 다니는 펑크 스타일을 떠올린 것이다.

"펑크 스타일! 훌륭해요! 이런 생각을 과연 누가 하겠습니까. 프레디에게 최고 상뿐 아니라 품종 상, 스타일 상까지 모두 주겠습니다!"

그러자 관중석에서 함성이 뒤따랐고 윌레미나는 자신도 모르게 미소를 지었다.

윌레미나는 트라이플 박사 부부에게 말했다.

"우승할 줄 알았어! 프레디는 챔피온이에요! 그 누구도 챔피온을 막을 수는 없죠. 다음 콘테스트 때 프레디의 컨셉은 '애완견의 발작'으로 하겠어요."

셸비는 미소짓고 있는 프레디를 바라보며 생각했다.

'윌레미나 말이 맞아. 너같이 훌륭한 강아지가 상을 탄다는데, 누가 막을 수 있겠어? 크크크.'

12. 보거스 습격 사건

"오우! 와우!"

셀비는 보거스 신문의 연예면을 보고 있었다. 영화 〈캐폰 행성의 습격〉이 드디어 보거스 영화관에서 개봉됐다는 기사였다.

"꼭 봐야 해! 박사님이랑 아줌마가 주무실 때까지 기다렸다가 살짝 빠져나가야겠어."

셀비는 영화관 밖에서 기다리다가 영화가 시작할 무렵 영화관으로 기어 들어갔다. 그리고 아무도 보지 못하도록 어두컴컴한 뒷자리에 앉았다. 몇 분 뒤

영화는 '둥둥' 북소리, '핑핑 슈잉—' 효과음, 그리고 '쿠궁—' 소리와 함께 시작했다. 화면에 소용돌이치는 은하계와 폭발하는 별들이 보이더니 곧 영화 제목이 나타났다.

우주의 반란

여덟 번째 이야기

캐폰 행성의 습격

"정말 대단해! 이번 게 제일 재밌을 것 같아."

셀비는 비어 있는 앞자리에 두 발을 올리며 말했다.

화면에 글자가 나타나기 시작했다. 글자들은 점점 커졌고, 동시에 굵은 목소리의 성우가 그 글자들을 읽어 나갔다.

재크 왕자와 수 공주는 제3차 은하계 전쟁이 끝난 뒤, 평화롭게 살기 위해 캐폰 행성으로 갔다.

그들에게는 대우주 제왕이 죽기 전에 남겨 준 초강력 스타웹이 있었다. 스타웹이 왕자와 공주의 손에 있는 한 우주는 안전하고 평화로우며 자유로울 것이다. 하지만 어둠의 마왕 콜스가 캐폰 행성을 습격하여 스타웹을 훔치기 위해 어둠의 힘을 모으고 있다는 것을 그들은 모르고 있었다.

"와! 놀라운걸. 어둠의 마왕은 전편에서 태양에 떨어져 죽은 줄 알았는데."

셀비가 화면에서 또다른 별이 폭발하는 것을 보며 말했다.

"재크 왕자와 수 공주를 쳐부술 날이 다가왔다. 이번에는 단 한 번의 실수도 용납하지 않는다! 그 어떤 실수도! 알아들었나? 자, 시작하자."

어둠의 마왕이 악마 로봇 '유어원Ⅱ'에게 말했다.

어둠의 마왕은 몇백 개나 되는 우주선들과 함께 캐폰 행성을 향해 빠른 속력으로 날아갔다. 캐폰 행성에 도착하자 어둠의 마왕은 '동력 제어'라고 쓰여 있는 버튼을 눌렀다. 그러자 갑자기 캐폰 행성에 있는 모든 집들의 불이 꺼져 버렸다. 거대한 안전 보호막이 에워싸고 있는 재크 왕자와 수 공주 저택의 야간 조명까지도.

다른 우주선들은 뒤에 남겨 둔 채 어둠의 마왕이 탄 우주선은 소리 없이 캐폰 행성으로 내려왔다.

"일어나! 어둠의 마왕이 스타웹을 훔치러 왔단 말이야."

셀비의 목소리는 영화 음악 소리보다도 더 컸다.

어둠의 마왕과 악마 로봇 '유어원 II'는 우주선 밖으로 나와 왕자와 공주가 살고 있는 집 근처 어두컴컴한 곳에 잠시 서 있었다. 악당들이 레이저 광선검을 꺼내 문으로 쳐들어갈 태세를 하고 있는 바로 그 때, 왕자와 공주가 갑자기 보호막 위에 나타났다.

언제나 그랬듯이 재크 왕자가 "정의의 힘! 힘의 자유!"라고 외치며 어둠의 마왕과 악마 로봇 '유어원 II'를 향해 스타웹을 던졌다. 셀비는 스타웹이 꼭 나무에 쳐 놓는 그물처럼 생겼다고 생각했다. 푸른

빛으로 번쩍이는 것만 빼면 스타웹은 정말, 필립의 집 복숭아나무에 새를 막기 위해 쳐 놓은 그물 같았다.

"정말 멋진 물건이야!"

셀비는 화면을 더 잘 보기 위해 아예 의자 위로 걸터앉으며 말했다.

왕자와 공주가 스타웹을 들고 행성에서 막 빠져나오려고 하는데 갑자기 영화가 멈추었다. 영화관 안내원의 손전등 불빛을 빼면 온통 깜깜해졌다. 안내원이 말했다.

"신사 숙녀 여러분. 유감스럽게도 보거스 마을 전체가 정전이 되었습니다. 조금만 기다려 주십시오. 전기가 다시 들어오면 영화를 마저 보여 드리겠습니다. 집으로 돌아가실 분들은 매표소로 오세요. 관람료를 환불해 드리겠습니다. 불편을 끼쳐서 정말로 죄송합니다."

'이런, 왜 하필이면……. 집으로 가는 게 좋겠어. 불이 다시 들어오려면 몇 시간이 걸릴지도 몰라.'

쏜살같이 극장을 빠져나가며 셀비가 생각했다. 돈을 내지 않은 셀비는 관람료를 돌려받을 필요가 없었다.

셀비가 마을 번화가를 지나 집으로 가고 있는데, 큰길 한가운데 시커먼 그림자 두 개가 보였다. 두 사람 모두 빨간색의 기다란 막대를 들고 있었다.

"이번에는 단 한 번의 실수도 용납하지 않는다! 자, 시작하자."

한 남자가 낮은 목소리로 말했다.

셀비는 가던 길을 멈추었다.

"이야! 놀라운걸. 저건 어둠의 마왕이 악마 로봇 '유어원 II'에게 한 말이랑 똑같네! 오, 안 돼. 저 레이저 광선검 좀 봐! 바로 저들이야! 저들이 동력 제어 장치로 보거스 마을 전체를 정전시킨 거야! 경찰에게 알리는 게 좋겠어."

셀비는 롱다리 순경과 숏다리 경사를 찾아 경찰서로 달려갔다. 하지만 경찰서 안은 텅 비어 있었다.

"벌써 경찰들을 잡아갔나 봐! 아무래도 내 두 발

로 이 일을 막아 내야겠어!”

셀비는 필립의 집을 향하여 전력질주했다. 그리고 복숭아나무에서 그물을 끌어내렸다.

“스타웹이 없으니까 이거라도 사용해야겠어.”

셀비는 아까 두 남자가 서 있었던 큰길로 다시 뛰어갔다. 셀비는 그물을 입에 물고 나무 위로 살그머니 올라가 그 남자들 바로 위쪽으로 난 나뭇가지에 앉았다. 그리고 큰 소리로 말했다.

“덩이에 김! 김에 다유!”

물론 셀비는 “정의의 힘! 힘의 자유!”라고 외치려 했지만, 입에 그물을 물고 있었기 때문에 불가능했다. 셀비는 두 남자를 향해 그물을 던진 다음 나뭇가지에서 뛰어내렸다.

“잡았다, 어둠의 마왕!”

셀비는 바둥거리는 두 남자를 그물로 친친 감으며 말했다.

“악마 로봇에게 작별 키스나 하시지. 내가 손을 본 후에는 고철 덩어리로 변할 테니까 말이야.”

두 남자는 소리쳤다.

"여보시오! 누구요?"

"도대체 무슨 일입니까?"

바로 그 때 보거스 마을에 불이 다시 들어왔다. 그물 안에는 야광 방범봉을 든 롱다리 순경과 숏다리 경사가 엉켜 있었다. 셀비는 경찰들을 보고는 뒤로 슬그머니 물러났다. 쥐구멍이라도 있으면 들어가고 싶은 심정이었다.

"시장님 댁 개 아니야?"

숏다리 경사가 셸비를 보고 말했다.

"맞네요! 아마 저 개는 누가 이런 짓을 했는지 다 봤을 거예요."

롱다리 순경이 그물을 벗으면서 말했다.

"맞아! 개들이 말을 할 수만 있다면, 누가 이런 짓을 했는지 물어봐서 혼꾸멍을 내 줄 텐데."

"꿀―꺽."

셸비는 영화의 나머지 부분을 보기 위해 영화관으로 달려갔다.

"휴……. 불이 2초만 빨리 들어왔어도 정말 혼꾸멍이 날 뻔했어."

13. 번개 배달부 셀비

셀비는 두려움에 떨고 있었다. 사건은 트라이플 부인이 '스파이스'라는 단골 식당에 음식을 배달시키면서 시작되었다. 부인은 스파이스에 음식을 주문할 때마다 셀비를 위해 땅콩 소스에 버무린 특선 새우 요리를 시켜 주곤 했다. 그런데 이번엔 아니었다. 셀비는 방으로 들어가다가 부인이 전화하는 소리를 들었다.

"네, 맞아요. 소고기 요리요. 그리고 가지 어쩌구 하는 요리 있죠. 예, 호박도 들어가구요. 외국어로

된 요리 이름은 너무 헷갈려서요. 됐어요, 그렇게 갖다 주세요."

셀비 배에서 꼬르륵 소리가 났다.

'어? 땅콩 소스 범벅 새우는? 내가 뭘 잘못했나? 먹다 남은 고깃덩이랑 뼈다귀 비스킷만 먹고 도대체 어떻게 살라는 거야? 나는 생각하고 느낄 수 있는 개라고. 다양한 음식을 먹어야 해. 혹시…… 아줌마가 나를 미워하는 건 아닐까? 아니야. 아줌마는 정말 착하신 분이야. 아줌마는 어느 누구도 미워하지 않아. 나를 미워할 리가 있어? 깜박하고 새우 요리를 잊으셨을 거야. 내가 어떻게든 알려 드려야겠어.'

셀비는 트라이플 부인이 방에서 나갈 때까지 기다렸다가 문을 살짝 닫았다. 그리고 스파이스 식당에 전화를 했다.

"번야번야 가의 트라이플 박산데요……."

셀비는 최대한 목소리를 깔고 박사의 목소리를 흉내내어 말했다.

"땅콩 소스 범벅 새우 하나 추가하고 싶은데요. 방금 전에 제 아내가 전화를 했었죠?"

"예, 알겠습니다. 또 없습니까?"

스파이스 식당의 주인이자 요리사인 필립이 말했다.

"그게 다예요. 언제쯤 음식이 도착할까요?"

"전부 집으로 배달해 드려요?"

필립이 약간 의외라는 듯 물었다. 필립은 사실 조금 전까지 경찰서에서 복숭아나무에 걸려 있던 그물에 관한 온갖 질문에 시달렸기 때문에 약간 짜증이 난 상태였다.

"그럼요."

셀비는 저녁 식사를 집 말고 도대체 어떤 곳으로 배달시킨다는 건지 궁금해하면서 대답했다.

"알았습니다. 30분이면 도착할 겁니다."

"고마워요."

셀비는 전화기를 살짝 내려놓았다. 곧 발 소리가 들렸다.

"여보, 준비 다 됐어요? 이제 나가야죠."

트라이플 부인의 목소리였다.

"응, 거의 다 됐어요. 극장 표만 찾으면 돼."

트라이플 박사가 대답했다.

'나간다고? 극장 표?'

셀비는 카펫에 엎드려 고개를 갸우뚱거렸다.

박사는 모든 서랍을 두 번씩이나 뒤져 봤지만 극장표가 나오지 않자 세 번째로 서랍들을 뒤지기 시작했다.

"그런데, 소방서 저녁 식사는 어떻게 했어?"

"스파이스에 시켰어요. 소방서로 배달해 달라고요. 식당에서 알아서 할 테니 우린 마음 놓고 가도 돼요."

셀비는 두려움으로 등골이 오싹해졌다.

"으억…… 큰일났네. 우리가 먹을 게 아니었구나. 내가 무슨 짓을 저지른 거지? 음식이 오기 전에 빨리 전화해서 소방서로 보내라고 해야겠어."

하지만 20분이 지나도록 트라이플 박사는 극장 표

을 찾고 있었고, 셀비는 초조하게 전화기만 쳐다보
고 있었다.

"오, 여기 있군. 늦겠다. 빨리 출발하자고!"

극장 표는 박사가 읽고 있던 책장 사이에 꽂혀 있
었다.

트라이플 박사 부부가 나가고 차 소리가 들리자마
자 셀비는 전화기 앞으로 달려갔다. 하지만…… 아
뿔싸! 그 때 노크 소리가 들렸다. 창문으로 내다보
니 스파이스 배달 차는 이미 떠나고 있었다. 문을
열자 뜨거운 요리 스무 접시와 땅콩 소스 범벅 새우
요리 한 접시가 기다리고 있었다.

"이런……."

셀비는 얼른 다시 식당으로 전화를 했지만 이미
식당은 문을 닫은 뒤였다.

"내가 다시 소방서까지 배달해야겠어. 빨리!"

저 많은 음식 상자를 들고 어떻게 보거스 마을을
가로질러 간단 말인가? 정말 심각한 문제였다.

그 때 셀비는 트라이플 박사가 버리려고 내놓았던

낡은 왜건*을 떠올렸다.

"바로 그거야! 왜건에 몽땅 싣고 가는 거야!"

밖은 깜깜했다. 왜건을 밀고 언덕을 지나 소방서로 가는 동안 셀비는 아무도 만나지 않았다. 왜건을 밀고 오르막길을 올라가는 것도 힘들었지만, 왜건을 끌어당기며 내려가야 하는 내리막길은 훨씬 더 힘들었다.

"이럴 게 아니라……."

셀비는 왜건 위에 올라탔다.

"이걸 타고 내려가면 소방서까지 눈 깜짝할 사이에 도착할 거야."

왜건은 볼링 공처럼 무시무시한 속도로 굴러 내려갔다. 그러더니 셀비와 음식을 실은 채 인도를 넘어 찻길 한가운데로 정신없이 내달렸다.

"오! 안 돼!"

저 멀리 소방서의 열린 앞문으로 소방수들이 긴

---

* 음식이나 식사에 필요한 물건을 나르는 바퀴 달린 운반 기구. 트롤리라고도 한다.

책상에 모여 앉아 있는 것이 보였다.

"어떻게든 속도를 줄여야 돼."

셀비는 뒷발을 땅에 대고 질질 끌어 봤지만 소용
이 없었다. 왜건은 소방서의 앞문을 향해서 점점 더
빠르게 돌진하고 있었다.

"이거 장난이 아닌데?"

셀비는 겁먹지 않으려고 애썼지만 너무 무서웠다.

"이건 재앙이야! 왜건을 멈춘다 해도 나는 이제 죽었다. 모두 나를 보겠지? 사람들은 내가 스파이스에 전화했다는 것을 알게 될 테고, 그럼 내가 말할 수 있다는 것도 알게 될 거야! 파멸이야, 파멸! 빨리 무슨 수를 써야 해."

소방서는 점점 가까워지고 있었다. 셀비는 왜건으로 보거스 마을의 소방수들을 한꺼번에 치고 말 거라고 생각했다.

"미리 경고를 해야겠어. 뭐라고 해야 소방수들을 빨리 밖으로 내보낼 수 있을까? 그래, 바로 그거야. 좋았어!"

셀비는 소리쳤다.

"불이야! 불이야! 불이야!"

소방수들은 "불이야!" 소리를 듣자마자 소방서의 모든 창문과 문으로 뛰쳐나와 정신 없이 달렸다. 그러고는 모두 보거스 마을 호수로 뛰어들었다.

그 동안 셀비는 텅 빈 소방서로 돌진했다. 셀비는 눈 깜짝할 사이에 왜건에 있던 음식들을 긴 책상 위에 차례차례 던지고는 뒷문으로 빠져나가 숲 속으로 나가떨어졌다.

　잠시 후 소방수들은 흠뻑 젖은 채 소방서로 돌아왔다.

　"불 같은 건 안 보이는데?"

　한 소방수가 말했다.

　"연기 냄새도 안 나는데, 뭘."

　다른 소방수가 대꾸했다.

　"근데 이것 봐! 스파이스에서 우리 저녁을 놓고 갔군. 그 새 와서 다 차려 놓고 갔잖아. 정말 동작 빠른데."

　그 날 밤, 트라이플 박사 부부는 카펫 위에서 곤히 자고 있는 셀비를 깨우지 않으려고 조심조심 들어왔다.

　"그거 참 이상하네. 셀비 몸 긁힌 것 좀 봐. 싸웠나?"

　트라이플 박사가 말했다.

"셀비가요? 셀비는 절대로 안 싸워요. 똑똑해서 그런 짓은 안 하죠. 무슨 일인지는 몰라도 즐거웠을 거예요. 봐요, 웃으면서 곤히 자고 있잖아요. 지난 번 스파이스에서 음식을 시켜 주었을 때 이후로 이렇게 웃는 모습은 처음 봐요."

트라이플 박사는 부인의 말을 듣고 다시 셀비를 쳐다보았다.

"킁킁. 이상하네. 땅콩 소스 범벅 새우 냄새가 나는걸?"

14. 다이어트 소동

"그 자전거로 뭐 하는 거예요? 자전거 가지고 장
난치지 말아요. 운동할 시간이에요."

트라이플 부인이 새 운동복을 입고 침실에서 나오
며 남편에게 물었다.

트라이플 박사는 자전거의 브레이크를 빼 내면서
대답했다.

"장난치는 게 아니야, 여보. 이 낡은 자전거를 운
동 기구로 만들 거야. 바퀴가 땅에 닿지 않도록 받
침대를 만들려구. 그럼 여기 앉아서 책도 읽고 텔레

비전도 보면서 엄청난 양의 운동을 할 수 있지."

"멋진 생각이네요. 이제 하던 일을 멈추는 게 좋겠어요. 〈슬림 슬램〉 할 시간이거든요."

트라이플 부인은 자기가 가장 좋아하는 운동 프로그램을 보기 위해 텔레비전을 켜며 말했다. 화면에서는 〈슬림 슬램〉의 진행자인 로널드와 에어로빅 선수들이 무대 위로 올라와 노래에 맞춰 공중에 주먹질을 하고 있었다.

"하나, 둘, 하나, 둘! 당신의 몸을 사랑해 주세요. 그러면 당신의 몸도 당신을 사랑하죠."

로널드는 노래를 불렀다.

트라이플 박사는 스패너를 내려놓고 부인과 함께 에어로빅 선수들을 따라 제자리 뛰기를 시작했다. 쿵쿵거리는 소리에 셸비는 잠에서 깨어났다.

"내가 이렇게 건강했던 적이 없는 것 같아."

박사는 이마에 땀을 줄줄 흘리며 말했다.

"나도 마찬가지예요. 지난 사흘 동안 우리 둘 다 살이 몇 킬로그램은 빠졌을 거예요. 일 주일만 지나

면, 옛날 우리 아버지 말씀처럼 너무 말라서 그림자
도 안 보일지 몰라요.”

“하나, 둘, 하나, 둘, 셋! 당신은 당신을 사랑하고
나는 나를 사랑해요!”

로널드가 무릎을 가슴까지 들어올리며 소리쳤다.

“또…… 헉헉! ……하나는…… 헉헉!”

부인은 무릎을 점점 높이 들어올리며 말했다.

“운동은 우리에게 에너지를 준다는 거죠. 만약 몸
이 아주 튼튼하다면 휴가를 떠날 필요도 없을 거예
요.”

“좋은 생각이 났어! 보거스 마을을 뛰어다니며 밝
은 햇살과 신선한 공기를 마셔 보는 거야.”

박사가 갑자기 텔레비전을 끄며 말했다.

셀비는 트라이플 박사 부부가 나가자마자 혼자서
중얼거렸다.

“운동이라고? 시간 낭비야. 그냥 있는 그대로가
가장 아름다운데 말이야. 왜 나처럼 조용히 앉아서
인생을 즐기지 못하는 걸까? 책이나 신문 읽는 것도

얼마나 좋은데."

그 때 셀비에게 갑자기 생각난 것이 있었다.

"앗! 내가 제일 좋아하는 〈음악의 신 완다〉를 어제 못 봤잖아. 어제 신문이 어디 있지? 창고에 있겠지?"

셀비는 뒷문으로 나가 잔디밭을 지나서 창고로 갔다.

"흠……."

문은 잠겨 있었다.

"부서진 판자 구멍 사이로 들어가야겠군."

하지만 몸이 다 들어가기도 전에 셀비는 구멍에 꼭 끼고 말았다.

"으억! 이 판자 사이가 좁아졌거나, 아니면…… 아, 안 돼! 그럴 리가 없어. 매일같이 똑같은 양의 음식만 먹었는데……. 스파이스의 땅콩 소스 범벅 새우를 한 끼 더 먹은 것만 빼면. 언제 이렇게 살이 쪘지?"

셀비는 판자 사이를 어떻게든 지나가려고 발버둥을 쳤지만 소용이 없었다. 셀비는 몸을 빼고 풀밭에 앉아 숨을 헐떡였다.

"비극이야! 어떻게 하지? 날짜 지난 신문들은 목요일에 다 가져가 버릴 텐데. 〈음악의 신 완다〉는 이제 다 봤네."

셀비는 집으로 달려가서 텔레비전을 켰다. 로널드는 손으로 공기를 가르고 발끝을 잡기도 하며 열심히 팔을 휘둘러 대고 있었다.

"뱃살을 빼려면 이것만 하면 됩니다. 〈슬림 슬램〉 가족 여러분! 하나, 둘, 셋, 넷! 둘, 둘, 셋, 넷!"

"아줌마가 아까 속도로 며칠 만에 몇 킬로그램을 뺐으니까……."

셀비는 뒷발로 선 다음, 앞발이 땅에 닿을 때까지 등을 구부리며 말했다.

"내가 그 속도의 두 배로 운동하면 수요일까지는 족제비가 토끼 사냥하듯이 판자 구멍을 자유자재로 드나들 수 있을 거야."

로널드는 자신의 긴 곱슬머리를 마치 백 개나 되는 스프링처럼 나풀거리며 말했다.

"자, 이제 〈슬림 슬램〉의 발 끌기 스텝! 손을 허리 위에 놓으시고요. 스텝을 따라하세요! 온몸을 구부리면서, 음악에 맞추어!"

로널드는 노래를 불렀다.

"다 같이 슬림 슬램! 날씬한 몸매! 즐거운 스텝! 하나, 둘, 셋, 넷! 둘, 둘, 셋, 넷! 나는 당신이 보이지만 당신은 내가 안 보이죠!"

"잘 되어야 할 텐데……."

셀비는 번개 같은 속도로 스텝을 밟았다. 그러고는 신선한 공기를 마시기 위해 문을 활짝 열었다.

로널드가 이번엔 실내용 고정 자전거에 올라타며 말했다.

"자, 아름다운 〈슬림 슬램〉 가족 여러분! 뱃살을 빼고 싶다면, 10년쯤 젊어지고 싶다면, 꼭 기억하세요! 하나, 둘, 셋, 넷! 자전거 페달을 힘차게 돌리세요! 더! 더! 조금만 더!"

셀비는 트라이플 박사의 자전거를 붙잡고, 바퀴가 바닥에 닿지 않도록 책 더미를 괴었다. 그리고 자전거에 올라타 무서운 속도로 페달을 밟았다.

"내가 별로 튼튼하지 않은가 봐."

셀비가 로널드를 따라하려고 애를 쓰며 말했다.

"아무리 허약한 개라도 사람 정도는 며칠 만에 따라잡을 수 있다고."

셀비는 페달을 점점 더 빨리 밟았다. 그런데 그 때 팽팽 돌아가던 바퀴에서 '픽—' 하는 소리가 났다. 갑자기 자전거가 기우뚱하더니 앞바퀴가 카펫 바닥을 치면서, 셀비와 자전거는 열린 문을 통해 길거리로 튀어나가고 말았다.

"으악!"

셀비는 브레이크 장치도 없는 자전거를 타고, 보거스 마을에서 제일 가파른 언덕을 질주하고 있었다.

"전에도 이 비슷한 일이 있었던 것 같은데! 누가 나 좀 살려 줘!"

셀비는 점점 더 빨리 내려갔다. 기진맥진해진 트라이플 박사 부부가 헉헉거리며 올라오고 있었지만, 번개같이 지나가는 셀비를 보진 못했다.

박사가 걸음을 늦추며 말했다.

"이상하네. 당신 뭔가 지나가는 거 못 느꼈어?"

"느꼈어요. 그리고 당신, 들었어요?"

부인은 땀을 닦으며 길가에 주저앉았다.

"당신도 들었어?"

"누군가 '살려 줘!' 하고 외친 것 같은데요?"

"으악!"

셀비의 비명 소리였다. 언덕 아래에서 간신히 모퉁이를 돌았지만 자전거는 다시 균형을 잃고 보거스 마을 장미공원으로 곤두박질쳤다. 공원에서 제일 긴 꽃밭 두 개가 완전히 망가져 버렸다.

셀비는 트라이플 박사 부부가 도착하기 직전 자전거를 끌고 집으로 다시 돌아갔다. 세 식구는 함께 거실에 누워서 〈행운의 백만 달러 퀴즈 쇼〉를 봤다.

"우리가 이렇게 헉헉대며 운동하는 게 효과가 있을까? 너무 힘들어서 아무것도 못 하겠어. 어제 정원 창고에 난 구멍을 막기 시작했는데, 언제 끝낼 수 있을지 모르겠어.”

박사가 거의 감긴 눈을 겨우 뜨고 말했다.

“무슨 뜻인지 알아요. 어쨌든 운동이 휴가보다는 못한 것 같아요. 우리에게 돈이라도 좀 있으면 보거스 마을을 떠나 여행이라도 다녀올 텐데. 참, 그 정원 창고 말인데, 구멍 막지 말아요. 셀비가 거기 들어가서 빈둥거리는 걸 좋아하잖아요. 다시 뚫어요.”

부인이 말했다.

‘에이, 구멍이 작아졌던 거잖아. 난 또. 내가 뚱뚱해진 줄 알았네.’

셀비는 다리에서 장미 가시를 빼 내며 생각했다.

‘하지만 〈슬림 슬램〉의 로널드에게 한 마디 해야겠어. 운동하면 오래 산다더니, 오늘 일 때문에 내 수명이 몇 년은 줄어들었을 거야.’

15. 행운의 백만 달러 퀴즈 쇼

“불쌍한 아줌마.”

셀비는 집에 혼자 웅크리고 누워서 〈행운의 백만 달러 퀴즈 쇼〉를 시청하고 있었다.

“아줌마는 그렇게 열심히 일하시는데……. 내가 돈을 많이 벌어서 아줌마한테 드릴 수 있다면 얼마나 좋을까? 그러면 멋진 휴가를 떠날 수 있을 텐데.”

셀비의 말이 끝나자마자 〈행운의 백만 달러 퀴즈 쇼〉의 사회자 래리는 셀비가 깡충 뛸 만한 얘기를 꺼냈다.

"그리고 이제……."

래리가 마치 피아노 건반처럼 반짝이는 치아를 드러내며 소리쳤다.

"집에서 저희 쇼를 시청하시는 여러분을 위해, '짱짱 스페셜' 코너를 준비했습니다. 시청자 여러분이 전화로 퀴즈를 맞추는 역사 퀴즈, 짱짱 스페셜! 자, 시작해 볼까요? 맨 처음 전화를 주셔서 문제를 맞히시는 분께는 요트를 타고 리프 해안을 다녀오실 수 있는 5박 6일 여행권 두 장을 선물로 드리겠습니다!"

래리는 갑자기 속삭이듯 목소리를 낮추었다.

"문제! 1804년에 나폴레옹이 스스로 왕위에 오른 나라는 어디입니까?"

"알아! 내가 안다구!"

셸비는 곧장 전화기로 달려가서 〈행운의 백만 달러 퀴즈 쇼〉로 전화를 걸었다. 삼 주일 전에 본 텔레비전 프로그램 〈나폴레옹―그에 대한 길고 짧은 이야기〉를 생각하면서.

셀비는 전화벨이 울리는 소리를 들으며 화면 속의 래리가 수화기를 드는 것을 보았다. 셀비는 래리가 말을 꺼내기도 전에 침착하게 말했다.

"정답은…… 없어요!"

셀비는 래리의 웃음이 희미해지는 것을 보았다.

"죄송합니다만, 틀리셨습니다. 하지만 퀴즈에 참가해 주셔서 감사합니다. 〈행운의 백만 달러 퀴즈쇼〉 로고가 새겨진 티셔츠를 보내……."

"잠깐! 티셔츠는 됐어요. 나폴레옹은 1804년에 왕이 되지 않았어요. 1804년에 프랑스에서 황제가 되었고, 1805년에 이탈리아에서 왕이 되었죠."

래리는 잠시 손에 쥔 카드를 들여다보더니 이를 반짝이며 활짝 웃었다.

"네! 맞았습니다! 드디어, 리프 해안에서 꿈의 요트를 탈 수 있는 영광의 주인공이 탄생했습니다. 성함이 어떻게 되시죠?"

"성함이라…… 꿀꺽! 어, 어……."

"여행권을 보내 드리려면 성함이 필요해요."

래리가 웃으며 말하자 셀비가 대답했다.

"네, 저는 보거스 마을의 번야번야 가 5번지에 사는 트라이플 박사입니다."

"보거스 마을에 사시는군요. 네, 좋습니다!"

"기왕이면 저희 개도 함께 여행할 수 있도록 배려해 주시겠어요? 저와 제 아내는 개를 떼어 놓고는 절대로 여행을 안 가거든요. 너무나 멋진 개랍니다. 같이 못 가면 어떻게 해야 할지……."

"네, 걱정하지 마세요."

래리가 전화를 끊으며 말했다.

"이 분은 개를 떼어 놓고는 여행을 가지 않는다고 하시는군요! 멋진 분입니다. 자, 퀴즈 쇼를 계속 진행하겠습니다."

"야호! 해냈어!"

셀비는 방 안을 이리저리 뛰어다니며 소리쳤다.

"정말 잘했어!"

그리고 셀비는 〈행운의 백만 달러 퀴즈 쇼〉의 주제가를 부르기 시작했다.

누구나 백만장자가 될 수 있지.
모든 걸 잊고 퀴즈를 풀어 봐.
모든 걱정을 잊어버려!
모두 날려 버리라구!

다음 날 셀비가 창문 너머로 밖을 내다보고 있는데, 마침 〈행운의 백만 달러 퀴즈 쇼〉 로고가 붙은

옷을 입은 사람이 꽃밭을 밟으며 집으로 오는 것이
보였다.

"어? 뭐지? 집으로 가지고 오는 거였어? 우편으로
보내 주는 줄 알았는데."

마침 트라이플 부인은 회의 때문에, 박사는 보거
스 마을 장미공원의 꽃시계 때문에 나가고 없었다.
셀비는 다행이라고 생각했다.

"트라이플 박사님!"

남자가 앞문을 두드리며 말했다.

"문 좀 열어 주세요! 상품이 도착했습니다!"

"문 밑으로 넣어 주세요!"

셀비가 대답했다.

"서류에 서명을 하시기 전에는 여행권을 받으실
수 없습니다."

"무슨 서류요? 서류에 대해서는 들은 적이 없는데
요?"

"만약에 요트가 침몰해서 물에 빠져도 〈행운의
백만 달러 퀴즈 쇼〉 쪽에서는 책임이 없다는 걸 확

인하는 서류예요. 그냥 형식적인 절차입니다. 자,
문을 열어 주세요. 빨리 돌아가야 해요.”

“문을 열 수 없어요.”

셀비는 왜 문을 못 여는지 그럴 듯한 이유를 대기
위해 머리를 굴렸다.

“왜요?”

“왜냐하면…… 지금 격리 치료 중이거든요. 제가
지금…… 웅얼웅얼……이라는 열병에 걸렸어요. 아
무도 가까이 오면 안 돼요.”

“무슨 열병이라고요?”

남자가 다시 물었다.

셀비는 앞발로 입을 막고 낮게 소리쳤다.

“웅얼웅얼……이라는 열병 말이에요!”

“잘 안 들려요. 웅얼웅얼거리는 소리밖에요.”

“어리버리 열병이에요. 전염성이 아주 강하죠.”

“음…… 어리버리 열병이란 건 한 번도 들어 본
적이 없는데요?”

“그 이름을 들은 사람들이 대부분 저녁 식사 전에

죽었거든요. 서류를 문 밑으로 넣어 주면 서명하겠어요.”

남자는 서류를 넣으려고 했지만 잘 되지 않았다.

“안 되겠어요. 구멍이 너무 작아요.”

“그럼 나는 문을 열고 서재에 들어가 있을 테니, 내 개에게 서류를 줘요. 그러면 나한테 갖다 줄 거예요. 하지만 경고하겠는데, 당신 안전을 위해 집 안에 발을 들여놓지 않는 것이 좋을 거요.”

셀비는 바람에 문이 열리도록 잠금 장치를 풀었다.

“여기 있다, 똥개야.”

남자는 서류를 셀비의 입에 물리더니 돌아서는 셀비의 엉덩이를 차며 말했다.

“멍청이 주인한테 빨리 사인해 달라고 해. 이런 촌구석에선 한시라도 있고 싶지 않아.”

캄캄한 서재로 뛰어 들어간 셀비는 의자에 올라가 서류의 작은 글씨들을 읽으려고 책상의 스탠드를 켰다.

"똥개라구?"

아픈 엉덩이를 어루만지던 셀비는 트라이플 박사를 멍청하다고 한 그 남자에게 화가 났다.

'서류는 이상 없군. 여기에 서명하면 되겠고, 그나저나 저 인간을 좀 혼내 줘야겠어.'

셀비는 최대한 박사의 글씨체를 흉내내어 서명을 했다. 그리고 서류를 접어 입에 물었다. 그런데 갑자기 남자의 그림자가 책상 위에 드리워졌다.

"어떻게 된 거지? 박사는 어디 있어?"

남자가 말했다. 셀비는 천천히 고개를 돌려 남자를 쳐다보며 생각했다.

'박사님이 안 계신 걸 곧 알아차리겠지. 그럼 진실을 알게 될 거야. 내가 세상에 하나밖에 없는, 읽고 쓰고 말할 수 있는 개라는 걸 말이야. 이 시간이 내게 남은 마지막 자유의 순간이 될 수도 있어. 빨리 어떻게든 해야 해.'

남자는 셀비의 입에서 서류를 확 빼앗았다. 그 때 셀비는 재빨리 스탠드를 꺼서 서재를 어둡게 했다.

남자의 눈이 사물을 분간해 내기 전에, 셀비는 재빨리 소리쳤다.

"어서 꺼져, 이 바보 멍청아! 내 개가 너를 물어뜯기 전에!"

셀비는 으르렁거리며 남자의 다리를 덥석 물었다. 그러자 남자는 허겁지겁 서재를 빠져나와 밖으로 뛰쳐나가 버렸다.

"살려 줘요! 개 좀 떼어 주세요."

남자는 소리치며 급히 차 안으로 달려 들어갔다. 그리고 여행권이 든 봉투를 차창 밖으로 던지고는 재빨리 떠나 버렸다.

"멍청하기는."

셀비는 헝겊 조각을 뱉고 봉투를 물었다.

"왜 사람들은 늘 일을 어렵게 만들지?"

16. 버스 기사와 보낸 휴가

"정말 이상해. 우리가 어떻게 이 여행권을 받게
됐지?"

트라이플 박사가 부둣가에서 리프 해안으로 가는
요트를 기다리며 부인에게 말했다.

"그냥 행운이라니까요. 우편함에 자초지종을 적
은 편지가 함께 있었잖아요."

트라이플 부인은 오랜 시간 비행기를 탄 뒤라 좀
지쳐 있었다.

"우리 이름이 뽑혔다잖아요. 우리가 딱 필요한 때

에 여행을 갈 수 있게 됐으니 얼마나 좋아요?"

부인이 셸비를 쓰다듬으며 웃었다. 박사는 다 낡아빠진 보트가 부둣가로 올라오는 모습을 쳐다보더니 말했다.

"세상에…… 저 낡은 배 좀 봐. 정말 웃기게 생겼네. 우리가 탈 '꿈의 요트'는 언제 오려나?"

그 때, 그 배의 선장이 부두로 뛰어오더니 정중하게 인사를 했다.

"반갑습니다."

부인도 얼떨결에 악수를 하려고 손을 내밀었다.

"이 배의 이름은 '화려한 외출'입니다. 제 이름은 슬릭이고요. 제가 여러분을 모실 겁니다."

"그렇지만…… 그런데…… 그런데……."

트라이플 박사는 왜 갑판에 시내 버스처럼 의자가 줄지어 붙어 있나 궁금해하며 말했다.

"우리는 '꿈의 요트'를 기다리고 있는데요? 이 보트는 절대 아닌 것 같아요. 이렇게 말하는 건 죄송하지만…… 이건 꿈이라기보다는 악몽에 가까워 보이는데요."

"〈행운의 백만 달러 퀴즈 쇼〉에서 꿈의 요트 5박 6일 여행권을 타신 분들이라면 이 배가 맞습니다."

슬릭 선장이 트라이플 박사와 악수하며 말했다. 박사는 하마터면 경례를 할 뻔했다.

"그런데 다른 승객들은 어디 있죠? 그리고 승무원들은 어디 있나요?"

부인이 물었다.

"다른 승객들은 없습니다. 승무원도 저뿐이구요."

슬릭 선장이 모자에 달린 금속을 문지르며 대답했다. 그 모자는 선장이 한때 275번 버스를 운전할 때 쓰고 다니던 모자였다.

"자, 모두 탑승하시고…… 배의 뒤쪽으로 가 주십시오. 다음 정거장은 노팅 호수입니다."

선장이 말을 마치자 셀비는 요트 위로 올라탔다.

"돌고래 섬에 있는 돌고래 연구소도 들르실 거죠? 그 곳에 제 오랜 친구인 셉티머스 박사가 기다리고 있거든요."

박사의 말에 슬릭 선장이 대답했다.

"시간이 되면 그렇게 하도록 하죠. 제 임무는 여러분을 먼저 노팅 호수로 모시는 것입니다. 그것에 대해서는 이의가 없으시겠죠? 모든 것은 저에게 맡겨 주시고 그냥 편안히 앉아 쉬시면 됩니다."

노팅 호수는 작은 섬 한가운데 있는 호수이다. 노팅 산호섬이라 불리는 그 섬은 마치 한 입 베어 먹은 도넛처럼 생겨서, 배는 곧장 바다에서 호수로 들어갈 수 있었다. 슬릭 선장은 화려한 외출 호를 호수 한가운데로 끌고 가더니 한 바퀴 돌고 부두 쪽으로 돌아왔다. 그러고는 다시 출발해 버리는 것이었다.

"어? 잠깐만요."

부인이 말했다.

"부두에 안 내려 주나요?"

그러자 선장은 어리둥절한 표정으로 되물었다.

"멈추라구요? 죄송합니다. 아무도 벨을 누르지 않길래 배를 멈추지 않았습니다. 규칙이라서요."

그는 규칙이 적힌 기다란 종이를 가리켰다.

"그러니까 우리가 이 호수를 또 한 바퀴 돌아야
하는 건가요?"

트라이플 박사가 물었다.

"난 그냥 배를 운전할 뿐이에요. 규칙은 내가 만
든 게 아니라구요."

슬릭 선장이 대답했다.

"다음 정거장은 '파이프 드림' 섬입니다. 내리실
분은 잊지 말고 벨을 눌러 주세요."

하지만 노팅 산호섬을 빠져나가자마자 엔진이 꺼
지면서 화려한 외출 호는 그 자리에 멈춰 버렸다.

"이제 어쩌지요?"

멀미 때문에 어지럽고 메스꺼운 데다가 화까지 난
박사가 물었다.

"다 같이 돛을 달아야겠어요."

슬릭 선장이 말했다.

"다 같이요?"

부인이 물었다.

"음…… 나는 빼고요."

슬릭 선장이 시동을 다시 걸어 보며 발뺌을 하자 박사가 대꾸했다.

"글쎄, 저희 부부도 빼야 될 것 같은데요. 우린 승객이에요. 승객이 그런 일을 하진 않죠."

"나는 선장이라구요. 그런 일을 하지 않는 것은 나도 마찬가지예요."

슬릭 선장은 예전에 275번 버스를 운전했을 때, 버스가 고장나면 그냥 회사에 전화를 해서 다른 버스를 오게 하면 그만이었다는 생각을 하며 말했다.

"자, 빨리 해요. 이러다가 제시간에 도착하지 못하겠어요."

그 때부터 트라이플 박사 부부는 슬릭 선장이 시키는 대로 요트 위를 허겁지겁 뛰어다니면서 밧줄 여기저기를 당기고 묶었다. 세 시간 동안이나 그러고 나서야 화려한 외출 호는 파이프 드림 섬을 향해 출발할 수 있었다.

"저 놈이 한 번만 더 나한테 소리지르면……."

박사는 꿈의 요트 여행권을 탄 것이 행운인지 불

행인지 생각하며 부인한테 말했다. 물론 둘 다 아니
라는 것을 알면서 말이다.

"……그냥 배를 돌려 항구로 돌아가자고 말해야
겠어."

셸비는 신문 밑으로 기어 들어가 몰래 일기 예보
를 읽으며 중얼거렸다.

"음…… 내가 제대로 읽었다면, 곧 폭풍이 불어닥
칠지도 모르겠어."

"밧줄을 당겨요! 저 나무판을 맞은편에 옮겨 놓으
세요! 앞으로 너무 멀리 가지 말아요!"

슬릭 선장은 혼자 기분이 좋아서 소리쳤다.

바로 그 때였다. 파도가 들이치더니 뱃머리에 있
던 트라이플 박사 부부를 바다로 떨어뜨렸다. 동시
에 슬릭 선장의 안경이 갑판 위로 떨어졌다.

"멈춰요! 도와줘요!"

"끈을, 아니 밧줄을 던져 줘요!"

요트가 멈추지 않고 계속 가자, 박사와 부인이 소
리쳤다.

파도 속에서 손을 흔들고 있는 네 명의 사람들이 뿌옇게 보였지만, 슬릭 선장은 왜 두 명이 아닌 네 명인지, 도대체 그들이 누군지 알 수가 없었다.

"미안해요. 만원입니다. 곧 다음 버스가 올 거예요. 근데, 내 안경이 어디 갔지?"

슬릭 선장은 갑판을 이리저리 더듬었다.

셀비는 트라이플 박사 부부가 멀리 떠내려가는 것을 보고만 있었다. 슬릭 선장이 안경을 찾는다 해도 다시 배를 돌려 두 사람에게 갈 수가 없다는 것을 깨달았다.

'이건 모두 내 잘못이야. 내가 그 시청자 퀴즈를 풀지 말았어야 했어. 나는 그저 착한 박사님과 아줌마를 휴가 보내 드리고 싶었을 뿐인데……. 근데, 내가 도대체 무슨 짓을 한 거야? 내가 내…… 꿀꺽! ……비밀을 털어놓는 한이 있더라도 어떻게든 빨리 무언가를 해야 해.'

셀비는 슬릭 선장에게 다가가 뒷발로 서서 앞발을 허리 위에 놓았다. 그리고 말했다.

"자, 슬릭! 긴급 상황이 발생했으니 이제부터 내가 이 배를 지휘한다. 승객들이 바다로 떨어졌다. 이제 너와 나는 다시 항해한다. 아니 내 말은, 버스를 돌려 승객들을 구하러 가야 한단 얘기다. 자, 운전대를 꼭 잡고 방향을 바꿔!"

요트를 버스로 생각하고 있는 슬릭 선장을 위해

셀비는 말을 조금 바꿔야 했다.

"어라? 말하는 쌍둥이 개잖아. 버스를 잘못 탔나 보군."

셀비는 도르래를 감고 돛을 조절하느라 갑판 위를 바쁘게 돌아다녔다.

"항해 방향을 바꿔야 해. 배를 돌리기가 쉽지 않을 거야. 자, 준비!"

셀비가 어쩔 줄 모르고 있는 선장에게 다시 말했다.

"아니, 내 말은, 유턴할 준비!"

슬릭 선장은 팔을 내밀어 유턴 신호를 한 뒤, 트라이플 박사 부부가 있는 곳을 향해 배를 움직이기 시작했다. 셀비는 "조금 오른쪽으로!" "조금 더 왼쪽으로!" 하며 계속해서 소리쳤다.

몇 분 뒤, 박사와 부인은 요트 위로 다시 올라올 수 있었다.

"오, 고마워요. 당신이 우릴 구해 줬어요. 우릴 두고 가는 줄 알고 얼마나 무서웠다구요."

부인이 수건으로 얼굴을 닦으며 말했다.

"저에게 고마워하지 말아요. 저기 말하는 쌍둥이 개한테 고마워하세요."

슬릭 선장이 말했다.

박사는 보거스 신문의 연재 만화 〈음악의 신 완다〉를 읽고 있는 셀비를 쳐다보았다.

"말하는 쌍둥이 개라구요? 이걸 쓰면 더 잘 보일 거예요. 하하하. 자, 출발합시다. 셉티머스 박사가 기다리고 있어요."

트라이플 부인은 슬릭 선장의 안경을 주워서 건네주며 말했다.

'박사님과 아줌마에게 나같이 훌륭한 개가 있으니 정말 다행이야.'

셀비는 생각했다.

17. 셀비의 구사일생

'화려한 외출' 호가 드디어 돌고래 섬에 도착했다. 거기에는 돌고래 연구소 소장인 셉티머스 박사가 트라이플 박사 부부를 기다리고 있었다.

"어이, 깜박이!"

셉티머스 박사가 트라이플 박사의 등을 너무 세게 치는 바람에 박사는 하마터면 바닷속으로 떨어질 뻔했다.

"자네를 만나다니, 너무나 기쁘군! 아, 부인도요. 여기서 연구하고 있는 멋진 것들을 빨리 보여 주고 싶네! 따라오게나. 시간 낭비할 틈이 없어."

트라이플 박사 부부와 셸비는 셉티머스 박사를 따라 큰 건물 안으로 들어갔다. 사무실은 온갖 기계 장치로 가득 차 있었다. 유리창이 달린 커다란 물탱크 안에는 돌고래를 넣어 관찰하고 연구할 수 있게 되어 있었다.

셸비가 물탱크 유리창에 코를 대고 들여다보자 돌고래는 헤엄쳐 내려와 유리창에 코를 갖다 댔다. 셸비는 깜짝 놀랐다.

"이제 이 멋진 연구가 거의 끝나 가고 있다네. 이제 곧 내가 동물들과 말을 할 수 있게 될 거야."

셉티머스 박사가 기계를 여기저기 만지작거리며 말했다.

'저 분은 뭣 때문에 동물들이 자기랑 얘기하고 싶어한다고 생각하는 거지?'

셸비는 돌고래가 불쌍하다고 생각했다.

"우리는 3주일 전에 디지를 잡았어. 디지는 이 돌고래의 이름이라네. 디지는 벌써 내게 '비비빅 기기긱 스퀴익'이라고 말했다네."

셉티머스 박사가 말했다.

"뭐라고 말했다고요?"

부인이 물었다. 부인은 셉티머스 박사가 왜 돌고래와 말하고 싶어하는지, 그리고 돌고래가 말을 한다면 무슨 얘기를 할지 궁금했다.

"비비빅 기기긱 스퀴익. 마치 음악 같죠?"

'내가 좋아하는 음악은 아니군.'

셸비는 생각했다. 디지가 지느러미로 유리창을 톡톡 치고 있었다.

"무슨 뜻이지?"

트라이플 박사가 물었다.

"확실하진 않지만…… '저에게 청어를 주세요' 라고 말하는 것 같아. 돌고래는 늘 먹는 것만 생각하니까."

하지만 셸비의 생각은 달랐다.

'아마도 그건 이런 뜻일걸. 그만 좀 노려 봐. 이 멍청한 과학자 아저씨!'

셀비는 자기가 셉티머스 박사에게 '비비빅 기기긱 스퀴익' 같은 이상한 말을 내뱉지 않은 게 다행이라고 생각했다.

디지는 물탱크 안을 몇 바퀴 돌더니 다시 유리창에 코를 대고 말했다.

"스퀴익 비비빅 기기긱."

"저건 아마도 '저에게 고등어를 던져 주세요' 라고 말하는 것 같군. 아직 자세한 것까지는 몰라. 하지만 곧 디지와 내가 친밀한 대화를 나눌 수 있을 거야."

'최소한 서로 배고프단 얘긴 할 수 있겠군.'

셀비가 생각했다.

셉티머스 박사는 물탱크 위로 올라가 뚜껑을 열었다. 그리고 플라스틱 통에서 고등어를 꺼내 디지에게 내밀었다. 디지는 물 속에서 한 바퀴를 돌더니 물 위로 튀어올라 고등어를 잡아챘다.

"날생선이군."

셀비는 하루 종일 먹은 게 아무것도 없다는 것이

생각났다. 그리고 자신이 가장 좋아하는 텔레비전 요리 프로그램에서 '일본인들은 가끔 날생선을 먹는다'고 했던 말이 떠올랐다.

'지금 같아선 나도 날고등어를 먹을 수 있을 것 같은데.'

"자, 다음 시설을 구경하는 동안에는 셀비를 여기 두고 가자구. 사다리가 있어서 셀비에게는 좀 무리일 거야."

셉티머스 박사가 내려오며 말했다.

세 사람이 눈앞에서 사라지자마자, 날생선에 대한 생각으로 가득 차 있던 셀비는 재빨리 물탱크 위로 올라갔다.

"미안해, 디지. 하지만 우리 모두 먹어야 살잖아."

셀비는 플라스틱 통 안에 머리를 집어넣고 고등어를 하나 꺼내며 말했다.

셀비의 말을 잘못 알아들은 디지는 다시 먹이 주는 시간이 되었다고 착각했다. 디지는 물 속에서 한 바퀴를 돌더니 공중으로 튀어올라 셀비가 입에 물고 있던 고등어의 꼬리 부분을 덥석 물었다. 여기까지는 문제가 없었다. 문제는, 날생선 맛이 형편없다고 생각하고 뱉어 버릴 작정이었던 셀비가 우물쭈물하는 사이 그만 물탱크 안으로 풍덩 빠지게 된 것이다. 여기까지도 큰 문제는 아니었다. 더 큰 문제는 셀비가 수영을 못하는 개라는 점이었다.

셀비가 물 속에서 마구 허우적거리고 있는데, 갑자기 지금까지 살아 왔던 자기의 모습들이 눈앞을 스쳐 지나갔다. 셀비는 텔레비전 앞에 앉아서 베이슬 집사 이야기를 보고 있었다. 자기가 말을 할 수 있게 된 그 순간도 똑똑하게 기억할 수 있었다. 그리고 말을 연습하던 것이며, 죽는 한이 있어도 자기가 말할 수 있다는 사실을 일급 비밀로 해야겠다고 결심하던 순간도 떠올랐다.

'일급 비밀? 죽는 한이 있더라도?'

셀비는 물탱크 바닥까지 가라앉았다가 다시 올라오며 생각했다.

'그건 안 돼!'

갑자기 죽는 것이 두려워진 셀비는 있는 힘을 다해 큰 소리로 외쳤다.

"도와줘요! 구해 줘요! 나는 말할 수 있어요! 나는 말할 수 있다구요! 알고 싶은 거 다 말해 줄 테니까 여기서 나가게만 해 줘요!"

바로 그 때 디지가 코로 셀비를 들어올리고는, 마치 공처럼 올려놨다 내려놨다 하기 시작했다. 그러더니 디지는 "스퀴익 비빅" 소리를 내며 셀비를 물

밖으로 던졌다. 셀비는 허겁지겁 물탱크에서 내려
왔다.

"오, 이런……. 셉티머스 박사님이 제발 내 소리
를 못 들었으면 좋겠는데."

셀비는 몸을 부르르 흔들어 물을 털어 내며 말했
다. 살아나게 된 것은 너무 기뻤지만, 아까 괜히 소
리를 질렀다는 후회가 들었다.

셀비가 문을 닫고 아무 일도 없었다는 듯 바닥에
웅크리고 눕자마자 셉티머스 박사, 그리고 트라이
플 박사와 부인이 차례로 뛰어 들어왔다.

"무슨 일이지? 아까 그 소리는 뭐였지?"

셉티머스 박사가 말했다.

"사람 목소리였어. 누군가가 다급하게 외치는 소
리 같았는데……."

트라이플 박사가 말했다.

"다행히 나는 자리를 비울 때마다 늘 녹음기를 켜
놓는다네. 녹음 테이프를 들어 보면 알 수 있을 거
야."

셀비는 아까 도와 달라고 울부짖었던 자기 목소리가 녹음기에서 나오자 점점 초조해졌다.

'이제 내 인생은 끝났구나. 증거가 남았으니 부정할 수도 없잖아. 순순히 자백하는 수밖에 없어.'

그 때 셉티머스 박사가 소리쳤다.

"말을 했어! 디지가 제대로 말을 했어! 동물이 말을 한 거야! 됐어! 이런 날이 올 줄 알았어! 그리고 탱크에서 내보내 주기만 하면 모든 걸 다 말해 준다고 했어! 이 문을 열게 좀 도와줘!"

'저 바보 같은 박사님은 디지가 말한 줄 알잖아.'

셀비는 안도의 숨을 쉬며 생각했다.

셉티머스 박사와 트라이플 부인이 물탱크의 밸브를 잡고 돌리자 디지는 물탱크에서 튀어나와 바닷속으로 풍덩 몸을 날렸다. 세 사람은 물가에 서서 디지가 먼 바다로 헤엄쳐 나가는 것을 지켜보았다.

"기다려! 너를 풀어 주면 아는 것을 다 말해 주겠다고 약속했잖아! 내가 약속을 지켰으니 너도 약속을 지켜야지! 돌아와!"

셉티머스 박사가 디지에게 소리쳤다.

디지는 멋지게 점프를 하더니 "기기긱 스퀴이익 블리릴."이라고 대답하곤 사라져 버렸다.

"무슨 뜻일까요?"

트라이플 부인이 물었다.

"행운을 빈다는 말 같군요."

셉티머스 박사가 손을 흔들며 나오려는 눈물을 참고 말했다.

"내 생각에는 '다음 번엔 좀 잘해 봐!' 라고 한 것 같은데. 박사님도 다음 번에는 좀 똑똑한 동물을 연구해야 될 텐데 말야."

셀비는 '화려한 외출' 호를 타고 돌아오며 말했다.

18. 보거스 마을 영원해요

불꽃놀이 축제는 일 년 중 셀비가 가장 좋아하는 행사가 아니다. 두 번째도 아니고, 세 번째로 좋아하는 것도 아니다. 사실 좋아하는 걸 쭉 적어 보면 거의 맨 마지막에 속한다. 그러면서도 셀비는 불꽃놀이를 보러 간다. 그 이유는 마을 사람들 전부가 불꽃놀이 위원회에서 주최하는 '괴물 불꽃 쇼'를 보러 보거스 광장에 모이기 때문이 아니라, 트라이플 부인이 항상 그 곳에 셀비를 데려가기 때문이다.

"셀비가 불꽃놀이를 빨리 보고 싶다네요."

트라이플 부인이 셀비의 머리를 쓰다듬으며 남편에게 말했다.

"셀비는 작년에 땅바닥에 누워서 불꽃을 하나하나 다 구경했어요. 얼마나 좋아하는지 한눈에 알 수 있었다니까요."

"오늘밤에도 꼭 데려가도록 합시다."

트라이플 박사는 장미공원의 수력 꽃시계를 스케치하며 말했다.

"자, 어디 보자. 시곗바늘을 움직일 물을 저장하는 빗물통도 하나 있어야겠군. 흠……."

"불꽃놀이라……."

셀비는 보거스 신문의 연재 만화 〈음악의 신 완다〉를 훔쳐보며 중얼거렸다.

"지지직거리는 소리랑 '펑' 하고 터지는 소리는 정말 신경을 건드려. 왜 그냥 편안히 앉아서 쉬면 안 되는 거지? 사람들은 왜 멍청하게 겁을 먹고 즐거웠다고 말하는 건지 도무지 이해가 안 돼."

바로 그 때 문 두드리는 소리가 들렸다. 스파이스

식당의 주인이자 불꽃놀이 위원회의 위원장인 필립
이 문을 확 열어젖히며 들어왔다.

"드디어 생겼어요! 드디어 생겼다구요!"

"뭐가요?"

트라이플 부인은 홍역이나 백일해 같은 병이 생겼
다는 얘기가 아니었으면 하며 물었다.

"슈퍼 불꽃 로켓을 구했어요. 시장님, 이제 시장
님 허락만 받으면 돼요. 오늘밤, 사용해도 되겠죠?"

"오늘밤에 터뜨릴 불꽃은 충분히 있잖아요."

트라이플 부인은 필립의 슈퍼 불꽃 로켓이 터지는
날이면 늘 산불이 났었다는 것을 기억해 냈다.

"아니, 아니에요! 시장님은 이해를 못 하시는군
요. 올해는 정말 아름다울 거예요! 문제점들은 제가
다 알아서 처리했어요. 상상해 보세요! 모든 사람들
이 광장에 모이면 평범한 불꽃들을 터뜨릴 거예요.
사람들이 이제 다 끝났다고 생각하는 순간 단추를
누르는 거예요. 그러면 검붓 산 쪽에서 '우르르' 하
는 소리가 날 거예요. 그 소리는 점점 더 커질 거고,

엄청난 소리와 함께 슈퍼 불꽃 로켓이 날아오르는 거죠. 시장님 댁 정원 창고만 한 크기의 엄청난 로켓이 번개처럼 하늘을 가로지르는 거예요.”

‘웃기고 있네.’

셀비는 가장 좋아하는 만화 주인공 완다가 거대한 악기에 쫓겨 도망가는 장면에 정신을 집중하며 생각했다.

“그리고 그게 다가 아니에요!”

필립이 자기 머리카락을 양쪽으로 잡아당기며 소리쳤다. 꼭 커다란 막대 사탕 같았다.

“하늘에서 엄청난 소리가 나면서 무지개 빛깔의 폭포수가 쏟아지는 거예요. 그리고 갑자기 ‘펑!’ 하면서 작은 로켓들이 쏟아져 나와 글자를 만드는 거지요. 보…….”

“작은 로켓이라고요?”

트라이플 부인이 끼어들었다.

“큰 로켓 안에 작은 로켓들이 들어 있는 거예요. 큰 로켓 옆에 난 구멍으로 쏟아져 나오죠. 작은 로켓들이 폭발하면서 '보' 라는 글자를 하늘에 만들 거예요. 아시겠어요?"

그 설명을 듣고 이번엔 트라이플 박사가 물었다.

"네. 알겠어요. 그런데 왜 '보' 죠?"

"아, 그 얘길 하려는 중이에요. 끝까지 들어 보세요. '보' 다음에 다른 작은 로켓들이 또 '펑!' 하고 폭발하면서 '거' 라는 글자를 만들 거예요. 또 '펑!' 하면 '스' 라는 글자가 나오고요. 이런 식으로 슈퍼 불꽃 로켓이 하늘을 가르며 다 지나가면 '보거스 마을 영원해요' 라는 글자가 돼요! 멋지지 않아요?"

"그렇지만 혹시라도 산불이 나지 않을까요?"

트라이플 부인이 물었다.

"절대 그럴 리가 없어요. 땅에 구멍을 뚫어서 거기서 쏘아 올릴 거예요. '보거스 마을 영원해요' 가 뜨고 나면 로켓은 낙하산을 타고 내려올 거구요. 로켓에 남아 있던 불은 땅에 닿기 전에 모두 꺼질 거예요. 바보라도 할 수 있는 일이죠."

"작년에도 그렇게 말했었잖아요."

"작년에는 낙하산이 없었어요."

필립은 흥분해서 방을 쿵쿵거리고 뛰어다니다가 셀비에 걸려 넘어질 뻔하며 말했다.

"그럼 이렇게 하죠. 만에 하나라도 잘못된다면, 내가 마을 전체에 최고의 사과를 하겠어요."

"알았어요. 내가 졌어요. 슈퍼 불꽃 로켓을 사용하도록 하세요."

트라이플 부인은 '최고의 사과'를 어떻게 할지 궁금해하며 말했다.

"아싸! 절대로 후회하지 않으실 거예요."

필립이 소리쳤다.

그 날 저녁 트라이플 박사 부부가 보거스 광장으로 떠나려는데, 셀비가 보이지 않았다. 찾는 걸 포기하고 차를 출발시켰을 때는 이미 셀비가 뒷문으로 살짝 빠져나와 보거스 마을 장미공원 울타리를 넘는 중이었다. 셀비는 보거스 신문을 보기 위해 손전등을 들고 있었다.

"이 곳이 이 마을에서 가장 조용한 곳이 될 거야."

셀비는 며칠 전에 파 놓은 구멍을 찾아 들어갔다. 그리고는 둥그런 금속 물건 위에 편안히 앉았다. 셀비는 그 둥그런 물건이 트라이플 박사의 꽃시계에 물을 대는 물탱크와 관련이 있을 것이라고 추측했을 뿐, 그것이 바로 필립의 슈퍼 불꽃 로켓이며, 검붓 산보다는 장미공원에서 쏘아 올리면 덜 위험할 거라는 트라이플 부인의 충고에 따라 그 곳에 놓여진 것이라고는 꿈에도 생각하지 못했다.

"바로 이런 게 제대로 사는 거지……."

셀비는 누워서 〈음악의 신 완다〉를 네 번이나 읽고 있었다. 그리고 가끔씩 저 멀리 광장 위에서 '지지직, 펑!' 소리를 내는 불꽃들을 올려다보았다.

그런데 갑자기 '지지직' 소리와 '펑!' 소리가 모두 멈추었다. 그러더니 셀비가 누워 있던 땅에서 '우르르' 하는 소리가 들렸다. 소리는 점점 커졌다. 그리고 곧 슈퍼 불꽃 로켓이 하늘로 치솟아올랐다. 물론 셀비는 죽음을 각오하고 슈퍼 불꽃 로켓을 꽉

붙잡았다.

"으악! 살려 줘요! 내려가게 해 줘요!"

셀비가 소리쳤다.

로켓은 하늘로 점점 더 높이 올라갔고, 보거스 광장 위의 하늘에서 큰 원을 그리며 돌았다. 사람들은 로켓 위에서 쏟아져 나오는 아름다운 무지갯빛을 볼 수 있었다. 하지만 아무도 어두운 밤 하늘에서 도와 달라고 소리치고 있는 셀비를 보지는 못했다.

셀비가 다시 소리쳤다.

"도와주세요! 살려 주세요!"

바로 그 때, '꽝' 소리가 나더니 슈퍼 불꽃 로켓의 옆부분에서 작은 로켓들이 튀어나왔다. 하마터면 대롱대롱 매달려 있는 셀비의 뒷다리를 칠 뻔했다. 로켓이 터졌고 커다란 '보' 자가 하늘에 새겨졌다. 아래쪽에서 사람들의 환호성이 터져나왔다.

"제발 누가 좀 도와줘요!"

셀비는 계속 소리쳤다. 그리고 또 작은 로켓들이 '펑' 하고 터지며 '거' 라는 글자가 나타났다. 셀비는 원뿔 모양의 로켓 앞쪽을 더욱 세게 잡고, 로켓의 옆에서 작은 로켓들이 발사될 때마다 뒷다리를 얼른 올렸다 내렸다 했다.

"으악!"

이윽고 '보거스 마을 영원해요'의 '영' 자를 만드는 로켓 중 하나가 그만 셀비의 다리를 건드렸다. 로켓들은 이리저리 잘못 튀어서 '영' 자가 아닌 '용' 자를 만들고 말았다.

"아야! 아프단 말이야!"

그리고 '아차!' 하는 사이 다음 번 작은 로켓들도 셀비의 발을 건드리고 말았다. 그 로켓들이 터졌을 때는 '원' 자가 아닌 '서' 자가 하늘에 떴다. 다행히 나머지 두 글자의 로켓들은 셀비의 발을 건드리지 않고 무사히 터졌다.

"으악!"

셀비는 소리를 지르며 털에 붙은 불을 끄려고 발버둥을 쳤다. 그 때 갑자기 슈퍼 불꽃 로켓에서 낙하산이 나왔고, 셀비는 슈퍼 불꽃 로켓과 함께 마을의 한 숲으로 천천히 떨어졌다.

"휴…… 죽을 뻔했다."

셀비는 땅에 발이 닿자마자 털에 붙은 불을 나뭇잎에 비벼 끄며 말했다.

"이런, 발에 불이 붙었잖아!"

셀비는 시냇물을 찾아 번개처럼 달렸지만, 셀비가 밟고 지나간 곳 여기저기에 불이 옮겨 붙었다. 셀비는 시냇물에 풍덩 뛰어들었다.

셀비는 출동한 소방수들이 재빨리 숲에 난 불을 끄는 것을 바라보며 말했다.

"필립이 또 일을 저지르고 말았어. 불꽃놀이에 신경 쓰지 말고 그냥 땅콩 소스 범벅 새우 요리에나 열중한다면 내가 우리 마을에서 좀 평화롭게 살 수 있을 텐데. 하지만 필립에게 한 마디 칭찬은 해야겠는걸."

셀비는 하늘 위에 떠 있는 글자들을 올려다보았다. '보거스 마을 영원해요'는 보이지 않고 '보거스 마을 용서해요' 가 커다랗게 빛나고 있었다.

"저건 정말 최고의 사과야."

트라이플 박사님과 아줌마는 이제 깊이 잠들었어요. 그래서 한 마디 더 남기려고요. 내 얘기가 맘에 드셨나요? 그랬으면 좋겠네요. 이 책에 나온 이야기들은 거의 모두 사실이에요. 하지만 작가들은 항상 이야기를 원래보다 재밌게 만들잖아요. 그래서 말인데요, 여러분이 읽은 그대로 다 믿지는 마세요.

비밀을 하나 말하자면요, 내 이름은 사실 셸비가 아니랍니다. 내 이름을 사실대로 밝혔다가는 비밀이 곧 탄로날 테니까 말할 수 없어요. 내 이름은 뽀삐일 수도 있구요, 해피일 수도 있죠(절대로 말 안 해요!). 그리고 혹시 여러분의 개일 수도 있어요. 그러니까 여러분이 기르는 개한테 한번 말을 걸어 보세요. "나는 네가 셸비라는 걸 알아. 내가 하는 말을 다 알아듣는다는 것도." 하구요. 하지만 내가 대답을 하지 않더라도 용서해 주세요. 인생은 그냥 있는 그대로 사는 것도 좋으니까요.

말하는 개 셀비

초판인쇄 | 2003년 11월 28일   초판발행 | 2003년 12월 8일
글쓴이 | 던컨 볼
그린이 | 앨런 스토만
옮긴이 | 이수진
책임편집 | 염현숙 원선화 염미회 김유정
디자인 | 박정은 정연화
펴낸이 | 강병선
펴낸곳 | (주)문학동네
출판등록 | 1993년 10월 22일 제22-188호
주소 | 413-834 경기도 파주시 교하읍 문발리 출판문화정보산업단지 513-8
전자우편 | kids@munhak.com   홈페이지 | www.kids.munhak.com
전화번호 | (031)955-8888   팩스 | (031)955-8855

ISBN 89-8281-728-X 04840
ISBN 89-8281-727-1

* 잘못된 책은 바꿔 드립니다.